W0469818

KYLE XY

L'étau se resserre

KYLE XY

L'étau se resserre

S. G. Wilkens
traduit de l'anglais par Stéphanie Alglave et Cécile Giroldi.

Basé sur la série *Kyle XY*, créée par Eric Bress et J. Mackye Gruber.
Disney Enterprises, Inc.

Basé sur la série *Kyle XY,* créée par Eric Bress et J. Mackye Gruber.
Kyle XY © 2008 Disney. All Rights Reserved.

Originally published in the United States and Canada
by HarperEntertainment, a division of HarperCollins Publishers
as *KYLE XY: UNDER THE RADAR*. This translated edition published
by arrangement with Hyperion, an imprint of Buena Vista Books, Inc.

ISBN : 978-2-915127-55-3
© 2008, M6 Éditions pour la traduction française
89, avenue Charles-de-Gaulle,
92575 Neuilly-sur-Seine Cedex
Loi n° 49-956 du 16 juillet 1949 sur les publications destinées à la jeunesse.

1. Un pieux mensonge

C'était lundi matin. Une nouvelle semaine commençait au lycée de Beachwood. Un garçon en pull gris sortit de l'établissement, une affiche roulée sous le bras. Il la déplia et la punaisa consciencieusement sur le panneau d'affichage afin que tous les élèves puissent la voir. Dessus on pouvait lire en grosses lettres à l'encre rouge "Élections des délégués vendredi. Dernier jour aujourd'hui pour proposer votre candidature !"

Lori Trager, qui finissait de se remettre du rouge à lèvres couleur pêche, éclata de rire et dit :

– C'est pas moi qui me présenterais à ces élections !

– Ça, tu m'étonnes ! s'exclama Hillary, sa meilleure amie. Il n'y a vraiment que les fayots qui aiment se la jouer petits chefs.

Kyle, le frère adoptif de Lori, était assis à côté d'elles sur le muret en brique entourant le lycée. Tous les matins, immuablement, Lori et Hillary se faisaient bronzer, le visage tourné vers le soleil, avant que la sonnerie retentisse. Elles affirmaient qu'il fallait profiter de cet instant de liberté jusqu'à la dernière minute pour prendre des couleurs et faire le plein de rayons UV, avant les huit heures de cours assommantes qui allaient suivre. Elles papotaient, se moquant des accoutrements de certaines personnes, parlant des garçons et se lamentant au sujet des prochains contrôles. Kyle savait que la plupart des autres garçons ne se seraient certainement pas assis à côté d'elles, mais il aimait bien les écouter. Lori et Hillary étaient des filles, et, pour lui, les filles étaient un mystère.

– Si je me présentais, Declan reviendrait en rampant, assura Lori d'une voix sarcastique en parlant de son ex-petit ami, le beau Declan McDonough, qui avait rompu avec elle au cours d'une fête quelques jours auparavant.

Kyle la regarda fixer la cour, elle avait l'air si triste. Lori assurait qu'elle n'aimait plus Declan, mais il était persuadé du contraire.

– Alors, où il en est avec la fêlée ? demanda Hillary, en balançant les jambes.

Lori leva les yeux au ciel.

– Je n'en sais rien, mais j'ai vu son expression la dernière fois qu'il l'a regardée. Il devait l'imaginer en train de faire une danse du ventre, dit-elle en mettant un doigt dans sa bouche avec l'air de se faire vomir.

– Qui c'est la fêlée ? demanda Kyle.

Les deux jeunes filles donnaient des surnoms à tout le monde, et il était parfois difficile de ne pas perdre le fil.

– Cette fille que l'on voit souvent dans le coin ces derniers temps, expliqua Lori en rejetant sa chevelure rousse en arrière. Elle a une longue tignasse brune et donne toujours l'impression qu'elle va tuer quelqu'un. Une femme la suit partout, on dirait sa domestique ou sa gouvernante. Cette fille a l'air d'une malade mentale…

Kyle regarda ailleurs. Lori lui attrapa le bras, en disant :

– J'suis désolée Kyle, c'est pas ce que je voulais dire.

– Ce n'est rien, dit Kyle.

Il n'était pas un malade mental, mais il était loin d'être normal. Quelques mois auparavant, il s'était réveillé nu et désorienté à Victor Falls, juste à la sortie de Seattle. Lorsqu'il avait fait ses premiers pas dans la ville, il ressemblait à un parfait sauvage. Il avait même fallu qu'il apprenne à manger et à parler. Il ne se rappelait absolument pas comment il avait vécu avant de se réveiller ainsi dans les bois... Il n'avait pas mis beaucoup de temps à comprendre qu'être amnésique était une véritable calamité.

Nicole Trager avait alors décidé de l'accueillir dans sa maison, après avoir affirmé à tout le monde que le centre pour adolescents où il avait été placé ne lui convenait pas. Le jeune homme s'était immédiatement senti plus en sécurité chez elle. Il avait lentement commencé à s'insérer dans la société : il allait au lycée, à des soirées et fréquentait des gens. Il pensait que tout cela allait l'aider à se souvenir de son passé, et que les questions qui le tourmentaient sur son identité et son origine finiraient par trouver des réponses.

Il avait finalement découvert la clé du mystère, mais de façon totalement inattendue.

Il haussa les épaules, souhaitant changer de sujet.

– Est-ce que je l'ai déjà vue ?

Lori réfléchit un instant.

– À la dernière soirée peut-être ? Tu n'as pas remarqué une fille qui ressemblait à un zombie, et qui bousculait tout le monde ? Son regard donnait l'impression qu'elle avait été élevée par des loups.

– Oui, et elle avait aussi une démarche très sexy façon top model, susurra Hillary, qui l'avait visiblement remarquée elle aussi.

Lori fronça les sourcils.

– Un top model sorti tout droit d'un film d'horreur ! J'ai entendu dire qu'elle avait essayé d'étrangler quelqu'un pendant la soirée.

– Allons, ce sont des potins, rien de plus, objecta Hillary, l'air sceptique.

– Et puis hier, nous l'avons vue au Rack, dit Lori à Kyle, en tripotant la cuillère qui se trouvait dans son gobelet – le Rack était le café où tout le monde se retrouvait après le lycée. Elle était avec son chaperon, ou je ne sais qui, et nous regardait comme si nous étions des animaux au zoo. Alors que c'est plutôt elle qui serait à sa place dans un zoo, ajouta-t-elle d'un ton méprisant. Elle fait peur !

– On dirait qu'il y a vraiment quelque chose de diabolique chez elle, chuchota Hillary sur le ton de la plaisanterie. Lori pense qu'elle s'est emparée de l'âme de Declan uniquement en le regardant. Elle va te voler la tienne également, Kyle. Fais attention ! ajouta-t-elle en agitant ses mains devant le visage de Kyle, comme si elle lui jetait un sort.

Kyle avait envie de leur demander comment une personne pouvait voler l'âme de quelqu'un. À vrai dire, il ne comprenait pas toujours ce que les autres disaient. Cependant, il préféra ne pas poser de questions... Lori et Hillary se moqueraient peut-être de lui tout comme Josh, son frère, lorsqu'il lui avait demandé ce qu'était une console Xbox.

Ils restèrent silencieux lorsque le garçon au pull gris torsadé cloua une autre affiche sur un poteau à côté d'eux.

– Bon travail, dit Hillary, une fois qu'il eut terminé, en lui adressant un de ces sourires ravageurs dont elle seule avait le secret.

Le garçon rougit et s'éloigna sans dire un mot.

– Ma parole, mais tu dragues vraiment n'importe qui ! s'écria Lori, en donnant une petite tape à son amie.

– Hé ! oui, dit fièrement Hillary en prenant une pose plus confortable. Ce garçon semblait avoir besoin de compliments. Étant donné sa réaction, je ne suis même pas sûre qu'une fille lui ait jamais adressé la parole.

Kyle étudia l'affiche. Elle parlait aussi des élections, rappelant aux élèves qu'ils disposaient d'un jour supplémentaire pour proposer leur candidature.

– En quoi consistent ces élections ? demanda Kyle. Je vois ces affiches depuis des jours.

Lori et Hillary le regardèrent et se mirent à sourire.

– Il est si mignon ! roucoula Hillary, en pinçant la joue du garçon. Si innocent ! Si ignorant des lois de ce monde !

– Il n'y avait pas d'élections de délégués dans ton ancien lycée ? demanda Lori.

– Je n'en sais rien. Cela se passait peut-être différemment, dit Kyle en détournant le regard.

– Dis-moi la vérité, Kyle, lui dit Lori avec un sourire entendu. Tu ne fréquentais pas un lycée pour surdoués dans le Connecticut ? L'un de ceux où on ne se préoccupe pas des élections de délégués, où il n'y a pas d'études après le lycée et pas de réunions. J'ai raison, non ?

Kyle ne répondit pas, espérant qu'elles allaient cesser de parler de ça.

– Je parie que, dans le lycée de Kyle, les élèves peignaient des fresques dans le style de celles de Michel Ange le matin, inventaient un nouveau cœur artificiel avant le repas de midi, puis inventaient des théorèmes de maths très compliqués l'après-midi, dit Lori à Hillary.

– Et découvraient une nouvelle planète pendant la récréation ! ajouta cette dernière en gloussant. On plaisante Kyle, c'est tout, ajouta-t-elle encore en lui donnant une petite chiquenaude sur le nez.

– C'est quoi une récréation ? demanda Kyle.

Hillary éclata de rire.

– Le temps libre que l'on nous accorde durant la journée à l'école primaire. Une pause en quelque sorte, dit-elle.

Kyle hocha la tête pour signifier qu'il avait compris.

– Alors, allez-vous m'expliquer en quoi consistent ces élections ? demanda-t-il, souhaitant changer de sujet.

– Elles permettent de voter pour élire un président-délégué, un vice-président, un secrétaire et un trésorier, expliqua Lori. Le président organise les réunions, prend des décisions concernant les dépenses et s'occupe de beaucoup de choses liées à la vie scolaire. En général, c'est un élève de terminale qui s'y colle.

– Un abruti de terminale, rectifia Hillary en tortillant sa queue-de-cheval. Personne ne veut devenir président-délégué car cela demande beaucoup de temps.

– Ce serait bien quand même si ce n'était pas un abruti qui était élu cette fois. Histoire de changer un peu, murmura Lori.

– De toute façon, si tu veux proposer une candidature, il faut le faire aujourd'hui, expliqua Hillary. En général, ce sont les mêmes lèche-culs qui sont élus chaque année.

Quelques garçons assis à côté d'eux la regardèrent, étonnés.

– Chut ! Ne sois pas si vulgaire, dit Lori.

Kyle aperçut alors au loin la silhouette d'une jeune fille aux cheveux blonds en train de traverser la pelouse dans leur direction. Il se raidit. C'était Amanda Bloom, la voisine des Trager. Elle était accompagnée d'une amie et semblait de bonne humeur. Mais lorsqu'elle vit Kyle, son visage s'assombrit. Kyle regarda ailleurs, navré.

Lori suivit le regard du garçon.

– Elle est toujours fâchée, hein ? lui demanda-t-elle.

Kyle hocha la tête. Il avait éprouvé un sentiment particulier pour Amanda dès qu'il l'avait vue, au cours de l'une des premières journées passées chez les Trager. Il était entré chez elle lorsqu'elle jouait du piano, littéralement subjugué par la musique. Depuis, leur relation était étrange, mais agréable car elle sortait justement de l'ordinaire. Parfois, Amanda venait s'asseoir dans la baignoire de Kyle, et ils parlaient de tout pendant des heures : de la mort du père de la jeune fille, de l'amnésie de Kyle, de la vie, de l'amour... Kyle lui avait offert de nombreux dessins, mais elle lui avait fait comprendre qu'ils étaient simplement amis, qu'entre Charlie, son petit ami, et elle, c'était sérieux.

Jusqu'au jour où Charlie s'était mis à tourner autour d'Hillary. Puis il avait eu une aventure avec une autre fille, puis avec une autre encore. Kyle était au courant, mais il ne savait pas s'il devait le dire à Amanda. Celle-ci avait découvert le pot aux roses par hasard, il y a quelques jours, alors que Kyle était assis à côté d'elle. Lorsque Amanda s'était tournée vers lui pour lui demander s'il était vrai que Charlie la trompait, Kyle avait détourné le regard. Il aurait tellement voulu mentir et dire qu'il n'en savait rien. Mais il n'avait pas réussi à dissimuler la vérité, Amanda s'en était aperçue immédiatement. Elle lui avait dit qu'elle ne s'était jamais sentie aussi trahie. C'était la dernière chose qu'elle lui avait dite.

– Je ne sais pas si elle me reparlera un jour, dit Kyle, l'air chagriné.

– Elle va se calmer, Kyle, lui dit Lori en posant affectueusement la main sur son épaule. Et puis... qui sait ? Peut-être que ce sera le début d'une belle histoire d'amour entre vous deux.

Kyle tenta de sourire. Il avait espéré qu'Amanda et Charlie se sépareraient dès qu'il avait fait la connaissance de la jeune fille. Il aurait donc dû être content. Mais, pour l'instant, il ne désirait même plus qu'Amanda tombe amoureuse de lui. Il voulait juste qu'elle redevienne son amie. Il se sentait très proche d'elle, et il avait tellement besoin d'amitié surtout après tout ce qui lui était arrivé au cours des derniers mois.

Il soupira et ferma les yeux. Alors qu'il vivait déjà depuis des mois chez les Trager, un couple, les Peterson, s'était présenté chez eux. Ils avaient déclaré être ses parents et qu'ils souhaitaient ramener Kyle dans le Connecticut. Le jeune garçon savait que c'était faux, mais un vague pressentiment lui disait que s'il partait avec eux, ils l'emmèneraient dans un lieu où il en saurait plus sur son identité. À cette époque, il avait déjà réalisé qu'il n'était pas comme les autres : il était extrêmement intelligent, pouvait courir et nager plus vite que les autres et sauter plus haut. Il avait la sensation étrange qu'il y avait quelque chose qui clochait chez lui, indépendamment du mystère entourant ses origines.

Il poussa un profond soupir. Il avait parfois envie de confier ses secrets à quelqu'un, surtout à Amanda. Kyle sentait qu'il pouvait presque tout lui dire, tout du moins avant cette histoire avec Charlie. Il la regarda. Elle était toujours en train de parler à son amie. On avait l'impression qu'elle faisait de son mieux pour ignorer sa présence.

– Allons lui parler, lui suggéra Lori d'une voix douce, en désignant Amanda. Elle comprendra.

– Elle ne devrait pas t'en vouloir, ajouta Hillary. C'est sa faute et uniquement sa faute si elle ne s'est pas assez occupée de Charlie...

– Hillary ! s'écria Lori, en lui donnant un coup de coude.

Mais Kyle avait compris le message. Peut-être fallait-il qu'il fasse le premier pas. Tout irait sans doute mieux après. Il se leva et traversa la cour du lycée, passant à côté d'une fille à lunettes, qui essayait de convaincre une élève blonde de la nommer candidate au poste de président-délégué. Amanda discutait toujours avec son amie en faisant de grands gestes.

Lorsqu'il s'approcha, il l'entendit dire :

– Il y a aussi un festival de musique chaque année au lycée de Fox High, et même celui de Greenville organise des concerts. J'en ai vraiment marre de jouer du piano uniquement dans le cadre des récitals minables de mon professeur. Ce serait amusant de faire quelque chose de plus sérieux.

Amanda était une excellente pianiste. Kyle aimait beaucoup l'écouter jouer.

– Dommage qu'il n'y ait rien de tel au lycée de Beachwood, dit l'amie d'Amanda, une grande fille vêtue d'un manteau écossais. Mon frère fait de la musique dans un groupe excellent. Lui aussi, il aimerait pouvoir jouer en public.

– Nous pourrions peut-être organiser un festival de musique ? suggéra Kyle, en s'immisçant dans leur conversation.

Les deux filles se tournèrent vers lui. L'amie d'Amanda sourit, l'air intéressé, mais Amanda, elle, se rembrunit. Elle semblait vraiment agacée, comme si Kyle l'avait interrompue au milieu d'une conversation très importante et personnelle. Après lui avoir jeté un regard glacial, elle s'en alla.

Kyle mit les mains dans ses poches. Lui qui avait voulu briser la glace…

Soudain, il entendit un grand cri non loin de là. Des élèves se mirent à courir dans la direction d'où provenait le bruit. Kyle les suivit jusqu'à la pelouse bordant le terrain de sport. Il y avait une bagarre. Une foule de gens était déjà rassemblée. Au centre du cercle qui s'était formé, Jake, un élève de terminale qui jouait dans l'équipe de foot, était en train de rouer de coups un élève de seconde d'aspect chétif. Ce dernier était à terre et se protégeait le visage, tandis que Jake lui assénait des coups de poing.

Kyle entendit une fille en T-shirt rayé murmurer :

– C'est vraiment étrange. Le garçon est arrivé en courant. Jake le pourchassait et s'est littéralement jeté sur lui.

Elle avait mis sa main devant sa bouche et tressaillait chaque fois que Jake rossait sa victime.

– Pauvre garçon, chuchota quelqu'un d'autre.

Kyle regarda autour de lui. Il l'entendait gémir chaque fois qu'un nouveau coup s'abattait sur lui. Personne n'osait intervenir. Tout le monde semblait paralysé, trop effrayé pour bouger, observant avec stupéfaction Jake passer son souffre-douleur à tabac. Kyle ne put supporter plus longtemps ce spectacle.

Il retroussa ses manches, respira profondément et pénétra dans le cercle. Il saisit le bras de Jake, pensant qu'il parviendrait seulement à l'éloigner du garçon. Au lieu de ça, il le fit tomber sans le moindre effort à ses pieds.

Jake parut complètement décontenancé, comme s'il venait d'être frappé par la foudre. Lorsqu'il vit celui qui l'avait empoigné – Kyle était plus petit et sensiblement moins costaud –, il lui lança un regard irrité.

– Qu'est-ce que tu me veux ? lança-t-il.

– Laisse-le tranquille ! dit Kyle à voix haute.

– Sans blague ? ricana Jake. Son visage était cramoisi.

– Je suis sérieux, dit Kyle.

– Et qu'est-ce que tu vas me faire si je refuse ? répliqua Jake d'un ton où perçait le défi.

Il essaya de donner un coup à Kyle, mais celui-ci s'écarta, et Jake perdit l'équilibre. Ceux qui s'étaient agglutinés autour d'eux se mirent à rire nerveusement.

Un méchant rictus déforma le visage de Jake. Il tenta de nouveau de frapper Kyle, qui l'esquiva encore. Il grommela et envoya son poing directement dans la figure de Kyle, mais celui-ci agrippa son poignet avant qu'il ait réussi à l'atteindre et le repoussa de toutes ses forces. Malgré sa carrure musclée de footballeur et son poids qui devait atteindre la centaine de kilos, Jake tomba à la renverse, se heurtant à la barrière qui entourait le terrain de sport. Son visage exprimait une vive surprise lorsqu'il s'écroula.

– Laisse-le tranquille, maintenant, répéta Kyle d'une voix calme.

Jake regarda Kyle, puis le garçon, qui tremblait, couvert de sang. Il serra les dents, grogna, puis donna un coup de poing rageur dans la barrière. Il partit, et la foule se dispersa elle aussi. Tous ceux qui avaient été témoins de la scène la commentaient en chuchotant, tout excités.

L'entraîneur de football, M. Jamison, finit par accourir.

– Que se passe-t-il ? s'écria-t-il, hors d'haleine.

Kyle entendit le sifflet du policier chargé de la sécurité retentir et quelques professeurs rejoindre Jake. *Mais où donc étaient-ils avant ?* se demanda-t-il.

– Tout va bien, dit-il aux adultes. Tout est rentré dans l'ordre.

Il s'approcha du garçon à terre et lui toucha l'épaule, en lui demandant :

– Ça va ?

– Je pense, marmotta ce dernier en se tournant vers Kyle.

Des larmes coulaient sur son visage, et il avait de la boue dans les cheveux, mais il semblait n'avoir rien de cassé, s'en tirant seulement avec quelques contusions et le nez en sang.

– Que s'est-il passé ? lui demanda Kyle.

Le garçon haussa les épaules et dit en secouant la tête :

– Je me rendais au lycée. Il s'est mis à me poursuivre dans le parc McKenzie. Il a brusquement surgi de nulle part. J'ai réussi à fuir, mais je suis tombé par terre au moment où j'arrivais à l'école. C'était une erreur d'emprunter ce chemin. Je ne suis pas près de recommencer.

Kyle se mordit les lèvres. Le parc en question se trouvait à proximité du lycée. Malgré ses étendues de gazon, ses beaux arbres majestueux et ses nombreuses aires de pique-nique, il était à l'abandon. Plus personne n'y jouait, et les enfants y jetaient des ordures à travers le grillage qui l'entourait. Chaque fois que Kyle passait devant en voiture avec ses parents, Nicole et Stephen, ceux-ci affirmaient en se lamentant qu'autrefois, c'était un endroit merveilleux où ils emmenaient Josh et Lori faire du cerf-volant. Mais, désormais, c'était devenu dangereux.

Kyle aida le garçon à se lever. M. Jamison escorta ce dernier jusqu'à l'infirmerie. Une foule s'était rassemblée, dans laquelle se trouvaient presque tous les membres de l'équipe de football, Lori et Hillary, Josh, le frère de Lori, et Declan McDonough, qui fixait Kyle sans dire un mot. Même Amanda était là, l'air grave. Kyle entendit une fille chuchoter :

– Je n'arrive pas à croire qu'il ait pu faire ça.

– Jake est une vraie brute, dit quelqu'un d'autre.

– J'ai entendu qu'il avait déjà envoyé quelqu'un à l'hôpital.

– Il l'a soulevé comme si de rien n'était !

Le garde chargé de la sécurité, un Noir à la forte carrure portant une barbiche, tapota l'épaule de Kyle, en disant :

– J'ai vu ce que tu as fait. Nous avons déjà eu des problèmes avec ce garçon. Il nous faudrait d'autres gars comme toi, ici, pour nous prêter main-forte.

– Merci, dit Kyle d'un air penaud.

– Oui, c'était courageux de ta part, dit une brunette. Jake est vraiment fort. Comment tu as fait pour le soulever comme ça ?

– Je ne sais pas, dit Kyle.

Il ne voyait rien de courageux dans ses actes. Pour lui, il était nécessaire d'intervenir. Il pensa aux quelques mois qu'il avait passés loin des Trager, dans l'univers étrange où il avait appris la vérité sur son identité. Là, quelqu'un lui avait dit : "Tu es spécial, Kyle. Tu transformeras le monde."

Il était peut-être réellement spécial. Cette personne avait peut-être raison.

2. Vert de jalousie

Lorsque Josh Trager arriva en cours d'anglais, tout le monde chuchotait, évoquant ce qui venait de se produire.

– Il a soulevé Jake et l'a projeté contre la barrière! murmura un jeune homme qui portait une casquette de base-ball rouge.

– Il a vraiment une force incroyable, dit Michelle, une fille qui suivait le même cours d'histoire que Kyle.

– Comment s'appelle-t-il déjà?

– Kyle, grommela Josh, en posant son sac à dos sur la table.

Ils parlaient de la prouesse que venait d'accomplir Kyle, son frère adoptif depuis peu, dans la cour du lycée. Josh n'avait assisté qu'à la fin de l'événement, mais il n'était pas surpris que Kyle ait remis aussi facilement Jake à sa place. C'était un as pour calmer les brutes. Il avait d'ailleurs tiré Josh d'un mauvais pas lorsque Toby, un type dérangé qui était dans sa classe, s'en était pris à lui au début de l'année scolaire. Il avait aussi impressionné un flic qui était intervenu lors de la fête de Jeff Preston l'an dernier. À cette occasion, il avait exécuté des mouvements de kung-fu dans le style de Bruce Lee.

Kyle les avait beaucoup étonnés lorsqu'il était arrivé chez eux: il dormait dans une baignoire et souffrait d'une amnésie totale. Josh pensait que la CIA n'était pas étrangère à tout ça: Kyle devait détenir d'énormes secrets. Cependant, il s'était attaché à lui au fil des mois. Il était content qu'il y ait un autre garçon à la maison – un garçon auquel il pouvait apprendre des choses, mais qui lui en apprenait aussi beaucoup. Depuis que Kyle vivait chez lui, Josh l'avait vu montrer des aptitudes extraordinaires au basket, prédire la météo, mémoriser une encyclopédie en une demi-journée et exceller dans tous les tests de QI connus à ce jour ; il était aussi capable de sauter d'un toit et de maîtriser des nouvelles langues en dix secondes chrono. Et Josh avait l'impression que ce n'était là qu'une partie de ses facultés… Au début, il était convaincu que Kyle était un extraterrestre – il n'y avait pas d'autre explication possible. Dans un carnet, il avait noté tous les trucs étranges que son frère adoptif avait faits. Il avait très vite noirci une dizaine de pages.

Mais, un jour, alors que Kyle vivait chez eux depuis quelques mois, deux personnes étaient venues sonner à leur porte sans crier gare : il s'agissait des Peterson. Ces derniers avaient dit qu'ils étaient les parents de Kyle. Ils semblaient réellement heureux de revoir leur fils, même si celui-ci ne se souvenait pas d'eux. Le jour suivant, Kyle avait dit à la famille de Josh que la mémoire lui était miraculeusement revenue, qu'il se souvenait des Peterson, et qu'il souhaitait revenir avec eux dans le Connecticut pour reprendre son ancienne vie. Puis il était tout simplement parti…

Pendant les quelques mois qui avaient suivi, Josh avait essayé de contacter Kyle pour prendre de ses nouvelles. Est-ce qu'il était toujours aussi intelligent ? Est-ce qu'il avait des petites amies ? Est-ce qu'il sautait des toits et faisait toujours des trucs d'alien pour impressionner ses amis ? Cependant, toutes les conversations qu'il avait eues avec lui avaient été extrêmement brèves, durant en général moins de deux ou trois minutes, ce qui l'avait blessé. Josh avait eu le sentiment que Kyle lui cachait quelque chose.

À cette période, ses parents semblaient un peu ébranlés, sa sœur Lori passait beaucoup de temps à regarder par la fenêtre en soupirant, et même Josh se sentait à côté de ses pompes. Puis, un jour, Kyle avait frappé à la porte. Il était de retour. Un homme du nom de Brian Taylor l'accompagnait : il déclara que les parents de Kyle étaient morts dans un accident de voiture la semaine précédente. Sans les prévenir, les Peterson avaient fait des parents de Josh les tuteurs légaux de Kyle au cas où il leur arriverait malheur. Les Trager avaient immédiatement proposé d'adopter le garçon, car ils n'avaient plus envie de le perdre. Depuis, ils formaient une grande famille heureuse.

Josh était content que Kyle soit de retour, mais depuis, il n'y en avait plus que pour lui – aussi bien chez ses parents qu'au lycée. Cela commençait à être un peu… lassant.

– Il s'appelle Kyle ? demanda Rebecca, une fille de son cours d'anglais.

– Oui, répondit Josh l'air agacé. C'est mon frère adoptif.

Rebecca écarquilla les yeux. Elle semblait tout excitée. Heureusement, le professeur, M. Carver, entra dans la classe. Il tenait une pile de feuilles.

– Bonjour, dit-il à la cantonade en posant la pile sur son bureau et en se retournant pour écrire quelque chose au tableau.

C'était vrai. Il n'y en avait plus que pour Kyle. Josh compara sa propre existence à celle de son frère. Ce dernier rentrait tous les jours à la maison juste après les cours et pouvait faire ce qu'il voulait. Les parents de Josh ne lui disaient jamais rien, même lorsqu'il disparaissait pendant des heures le soir. En revanche, Josh, lui, ne rentrait pas immédiatement après l'école, car il avait un petit boulot au Rack, un café. Il devait préparer des smoothies, des milk-shakes, des sandwichs au tofu et des frites. Son supérieur hiérarchique s'appelait Deichman, et c'était le type le plus stupide du lycée. De plus, Kyle avait eu, comme cadeau de bienvenue, un nouveau sac à dos, alors que Josh devait utiliser celui qu'il avait depuis la troisième – depuis une éternité, lui semblait-il. Au lycée, quand Kyle passait dans le couloir, les garçons le saluaient, et les filles le dévisageaient avec curiosité, comme si elles avaient envie de l'embrasser. Josh, lui, pouvait s'estimer heureux si quelqu'un le remarquait. Il avait donc l'impression d'être la dernière roue du carrosse.

– La plupart de vos exposés sont bons, annonça M. Carver, allant et venant le long des rangées de tables et distribuant aux élèves leurs devoirs sur de célèbres auteurs.

Le groupe de Josh en avait rendu un sur Mark Twain, et Josh tambourinait sur la table. Soudain, le professeur posa devant lui son devoir à l'envers. Il semblait déçu. Josh retourna la feuille : C-.

Il sentit qu'on lui donnait une petite tape sur le bras.

– Combien tu as eu ?

Il se retourna. C'était Andy, une fille qui commandait toujours le même smoothie au Rack. Elle tournait tout le temps autour de Josh, soit pour le taquiner, soit pour lui donner des ordres.

– Je me suis planté, marmonna-t-il.

Lorsque Josh montra le devoir aux deux autres garçons de son groupe, James et Steven, ils levèrent les yeux au ciel et haussèrent les épaules.

– Pas terrible, grommela James.

– Ouais, ça craint même, ajouta Steven.

Josh était tellement en colère qu'il se sentait sur le point d'exploser. M. Carver avait écrit : "Recherches insuffisantes" à l'encre rouge en haut de la feuille. Ils auraient probablement obtenu une meilleure note si James et Steven l'avaient aidé à rédiger l'exposé lorsqu'ils étaient venus chez lui pour travailler. Mais ils avaient passé leur temps à regarder ce que faisait Kyle. La première fois, ils avaient admiré ses prouesses au basket pendant deux heures. La deuxième fois, ils l'avaient regardé réaliser des dessins, dont la qualité était proche de celle de photos numériques. La troisième fois, ils l'avaient aidé à démonter sa radio pour la réparer, s'extasiant sur sa rapidité à la remonter. Bref, ils semblaient être à ses pieds.

Chaque fois que Josh leur avait dit "Hé! les gars, il faut qu'on travaille", ils avaient haussé les épaules, en répondant qu'ils allaient s'y mettre, qu'il ne devait pas s'inquiéter. Ils n'avaient toutefois envoyé leurs propres recherches par e-mail à Josh que la veille du jour où ils devaient remettre l'exposé. Avoir un C- ou deux n'avait pas tellement d'importance pour eux, parce qu'ils n'avaient pas de difficultés scolaires, alors que c'était le cas de Josh. Ils ne risquaient pas d'être recalés, eux...

Josh serra les poings. Tout ceci était la faute des deux garçons. Ou celle de Kyle. En tout cas, ce n'était pas la sienne... Juste à cet instant, James donna une petite tape sur son épaule.

– Est-ce que je pourrai revenir chez toi et jouer au basket avec Kyle ?

– Tant qu'on ne doit pas faire un exposé... grommela Josh.

James eut l'air interloqué. Andy dévisagea Josh avec étonnement.

– On dirait que quelqu'un est un peu jaloux de son grand frère...

– Je ne suis pas jaloux, rétorqua Josh d'un ton dédaigneux. C'est nul d'être jaloux.

Andy eut un petit sourire. Elle portait un T-shirt vert orné d'un motif tiré du jeu vidéo *Space Invaders*. Josh avait exactement le même à la maison et il était soulagé de ne pas l'avoir mis ce jour-là. Andy était une originale. Contrairement à toutes les autres filles qu'il connaissait, flirter ou être féminine ne l'intéressait pas. Elle était capable de lui mettre une raclée à *G-Force*, le jeu en ligne auquel ils jouaient tous les deux, et elle avait le don de lui donner l'impression qu'il était un jouet entre ses mains.

– Tu sais, Kyle vient juste de revenir, dit-il pour se justifier. Il est probablement débordé. Il vaudrait mieux le laisser respirer.

– Ah ! je vois, dit Andy en rongeant l'extrémité de son stylo, tu veilles sur Kyle…

– Évidemment, dit Josh en se rengorgeant. Je n'ai pas envie qu'il se sente étouffé…

– Ça, c'est un frère, susurra Andy, qui n'était pas dupe.

– J'ai eu un prix pour ça, affirma Josh. "Meilleur frère du monde : Josh Trager."

– Tu es ridicule, marmonna Andy.

Tandis que M. Carver distribuait les devoirs au fond de la salle, les élèves qui parlaient de Kyle au début du cours se retournèrent vers Josh.

– Dis donc, Josh, demanda Rebecca, qui entortillait une boucle de ses cheveux autour de son doigt, tu me donnes ton numéro de téléphone ?

Josh écarquilla les yeux. Rebecca n'était pas vraiment son type : sa coupe de cheveux ne ressemblait à rien, mais elle avait un beau corps. Et puis, il n'allait pas rembarrer une fille qui craquait pour lui…

– Pas de problème, répondit-il. Tu veux qu'on sorte ensemble, c'est ça ?

Rebecca plaqua sa main contre sa bouche, comme s'il venait de dire la chose la plus amusante du monde. Les amis de la jeune fille gloussèrent en se donnant des coups de coude.

– Non, je voulais ton numéro pour pouvoir appeler Kyle.

Josh resta abasourdi. Il sentait qu'Andy avait le regard posé sur lui.

– Pardon ? demanda-t-il.

Rebecca se pencha vers lui.

– Tu crois qu'il voudrait bien sortir avec moi ? Les filles font probablement la queue devant chez vous. Il a l'air tellement gentil, pourtant… tellement… différent.

Josh sentit le sang affluer à son visage. Toutefois, il voulait paraître cool, comme s'il était content que Kyle sorte avec un tas de filles.

– Euh… oui, bien sûr, je peux te donner mon numéro, balbutia-t-il. Et tu sais… je plaisantais quand je parlais de sortir ensemble.

Il s'adossa sur sa chaise et se mit à examiner l'affiche de citations de Shakespeare qui se trouvait près du tableau.

– Ma copine Petra aurait une attaque si elle savait que je t'avais dit ça, poursuivit-il. Elle est mannequin.

– C'est vrai ? demanda l'un des amis de Rebecca. Le genre qui fait des défilés ?

– Tout à fait ! affirma Josh.

– Ce ne serait pas Petra Nemcova ? Le superbe mannequin ? dit Andy en ricanant.

Josh resta bouche bée. C'était bien à elle qu'il pensait. Une fois, lorsqu'il avait sorti ses livres d'anglais, Andy avait remarqué qu'il avait collé une photo de Petra découpée dans le journal sur son cahier de géométrie. Elle lui avait dit que c'était ridicule d'être amoureux d'une fille que l'on n'a jamais rencontrée. Andy avait-elle une mémoire exceptionnelle ? Comment pouvait-elle encore se souvenir de ça ? Pourquoi n'était-elle pas un peu plus coquette et ne lui fichait-elle pas la paix ?

– En tout cas, dit Josh en se tournant vers Rebecca, et en ignorant Andy, il y a quelque chose que tu aimerais peut-être savoir à propos de Kyle, avant de l'appeler.

– Ah bon, quoi ? s'étonna Rebecca en se penchant vers lui.

– Il fait pipi au lit, dit Josh. Ce n'est pas rien, parfois. Dans ce cas, toute la maison sent l'urine – il se pinça le nez. C'est vraiment horrible…

Rebecca eut l'air horrifié.

– Vraiment ?

– Mais non ! s'exclama Andy. Il dit n'importe quoi. Il est tout simplement jaloux parce que Kyle est le centre de toutes les attentions.

Josh eut un accès de rage.

– Ce n'est pas vrai ! laissa-t-il échapper. Je ne suis pas jaloux !

Il se leva brusquement en laissant tomber son stylo et son devoir par terre. Il se dirigea vers la porte d'un pas vif. Il avait besoin de respirer un peu.

Il serra les mâchoires et sortit dans le couloir en claquant la porte, sans se soucier du bruit qu'il faisait. Il avait l'impression que l'on avait jeté un voile sur lui, et qu'il était devenu invisible. Il était Josh Trager, le frère méconnu, l'autre Trager du lycée, celui auquel on ne faisait pas attention… Bientôt, son père lui demanderait de ne plus apparaître sur les photos de famille, et Kyle prendrait sa place. Tous ses amis oublieraient son nom, ce à quoi il ressemblait et même son anniversaire, qu'il devait fêter la semaine prochaine.

D'accord, il était peut-être un peu jaloux. Mais qu'importe. Cela ne se voyait pas. Il savait qu'il le cachait très bien.

3. La première blessure est la plus profonde

Lori et Hillary étaient en classe de biologie. C'était leur dernier cours de la journée. Elles étaient assises à leur table en salle de travaux pratiques, observant Mme Shea, leur professeur, déposer une planche de dissection devant chaque élève comme s'il s'agissait d'un plateau-repas. Lori eut un haut-le-cœur lorsqu'elle eut sous le nez une grenouille puante et peu ragoûtante. Dans un instant, il faudrait la disséquer.

– C'est dégueu, murmura Hillary, avec un frisson.

– Je préférerais regarder un DVD sur la dissection d'une grenouille, marmonna Lori, en enfilant ses gants – le laboratoire puait le formol et l'eau de Cologne Adidas, dont un garçon s'était abondamment aspergé après le cours de sport, et le mélange était écœurant. J'espère au moins que je vais pouvoir libérer mon agressivité avec ce scalpel.

Elle prit l'un des instruments de dissection avec un petit sourire, attendant qu'Hillary lui demande pourquoi elle était soudainement si énervée. Mais Hillary continua de lorgner Charlie Tanner, qui était assis à côté de ses amis à l'autre bout de la salle, et qui faisait mine d'embrasser la grenouille qu'il devait découper.

– Charlie est tellement sexy depuis qu'il est libre, murmura-t-elle. Je suis heureuse qu'il se soit enfin débarrassé de "Sœur Amanda".

Lori regarda son amie de travers. Hillary appelait parfois sa voisine ainsi parce que celle-ci avait des principes. Lori ne trouvait pas ça vraiment très gentil.

– Il n'est pas si sexy que ça, dit-elle. C'est plutôt un mufle.

– Difficile de taxer de mufle un mec aussi bien foutu.

Lori la regarda.

– As-tu oublié que tout le lycée l'a surnommé le Chaud Lapin ?

Hillary haussa les épaules.

– Oui, et j'ai d'ailleurs failli être l'une de ses victimes. Je devrais le remercier de m'avoir épargnée, non ?

– Tu as donc oublié que nous voulions tirer un trait sur le passé ? lui rappela Lori.

La semaine dernière, elles avaient décidé d'oublier toutes les mauvaises expériences qu'elles avaient eues avec les garçons afin de prendre un nouveau départ.

– Je n'en ai peut-être plus envie ! s'exclama Hillary, en haussant les épaules.

– Écoutez, dit Mme Shea, interrompant leur conversation. Vous devez faire votre première incision au milieu de l'estomac de la grenouille. Vous avez tous vos gants ?

– Je vais effectuer la première incision, dit Lori en saisissant son scalpel. Car, comme je te le disais, j'ai besoin de me défouler après avoir été plaquée par Declan sans la moindre explication. J'ai eu l'impression que je parlais à un mur. Et avec le regard qu'il a ensuite lancé à la fêlée... Je suis vraiment trop dégoûtée.

Elle regarda à nouveau son amie pour voir si celle-ci l'avait écoutée. D'habitude, Hillary ne laissait jamais passer une occasion de dire du mal d'une autre fille ou de faire un commentaire sur le comportement d'un garçon. Mais la jeune fille continuait de contempler Charlie d'un air bête.

– Excuse-moi, Lori, murmura-t-elle. Qu'est-ce que tu as dit ?

– Je parlais de Declan, dit Lori, l'air vexé. Il...

– Oh ! mon Dieu, il me fait un signe, l'interrompit Hillary en l'agrippant par le bras. J'y vais ? lui demanda-t-elle.

Charlie, qui s'était rejeté en arrière sur son siège, lui indiquait d'un geste qu'il voulait lui parler. Tout dans son attitude dénotait qu'il était imbu de lui-même.

Lori se renfrogna.

– Non, dit-elle, manifestement irritée. Nous sommes censées travailler.

Hillary leva les yeux au ciel.

– Depuis quand l'école t'intéresse ? Je vais seulement te laisser seule avec Kermit pendant une minute, dit-elle, en indiquant la grenouille. Je te le promets.

Lori réfléchit. Devait-elle enchaîner Hillary à sa chaise et l'obliger à écouter ses problèmes ?

– Très bien, marmonna-t-elle, en regardant à nouveau la grenouille, dont l'abdomen présentait maintenant une légère entaille comme si elle s'apprêtait à subir une liposuccion. Mais ne l'appelle pas Kermit, cela la rend encore plus réelle.

– Eh bien ! appelle-la comme tu veux, dit Hillary.

La jeune fille se précipita au fond de la classe, en faisant claquer ses talons sur le sol. Ses cheveux blonds se balançaient dans son dos, et les manches amples de son chemisier se soulevaient. Lori vit Charlie toucher la chevelure de son amie et celle-ci se mettre à rire avec coquetterie, tout en se penchant en avant pour qu'il ait une vue plongeante sur son décolleté.

Lori ne la comprenait pas. Hillary et Charlie avaient eu une amourette cette année, alors qu'il était encore avec Amanda, ce qui en disait long sur lui. Habituellement, Hillary faisait preuve de plus d'intelligence. Qu'est-ce qui lui arrivait ?

Ce n'était pas qu'elle soit beaucoup plus perspicace que son amie. Le comportement bizarre de Declan et leur rupture inattendue l'avaient complètement déprimée. Quelques mois auparavant, au moment où Kyle était parti, tout allait pour le mieux entre eux. Et, soudain, Declan n'avait plus été le même, devenant méfiant et distant. Lori avait essayé d'en discuter avec lui, mais il lui avait répondu qu'il lui était difficile d'en parler, qu'il avait besoin de temps.

Mais du temps pour quoi ? Qu'avait donc fait Lori pour mériter ça ? Elle n'était pourtant ni trop collante ni trop exigeante. Elle ne l'appelait pas cent fois par jour comme le font certaines filles. Elle ne lui demandait pas de lui accorder toute son attention ou de faire la pluie et le beau temps pour elle. Ce qui avait changé, c'est que les parents de Kyle s'étaient présentés et l'avaient emmené.

Et voilà maintenant qu'il y avait cette fêlée, dont elle ne connaissait même pas le nom. Tout ce que Lori voulait savoir, c'était pourquoi Declan l'avait plaquée afin qu'elle cesse de se torturer l'esprit. Se poser des questions la rendait folle et triste. En temps normal, Hillary faisait tout pour lui remonter le moral. Elle était capable de lui dire par exemple que Declan était un pauvre type, et qu'il ne la méritait pas, ou qu'elle connaissait six garçons formidables, drôles et gentils, mourant d'envie de faire sa connaissance. C'était justement ce dont Lori avait besoin en ce moment.

Hillary revint en sautillant vers la table, une feuille de papier quadrillée entre ses doigts.

– Quelqu'un a un rendez-vous galant après le pique-nique de vendredi, le jour des élections, annonça-t-elle d'une voix triomphante, en brandissant le morceau de papier sous le nez de Lori. Il m'a donné son numéro de téléphone, et nous allons dîner ensemble.

– Hillary, je ne voudrais pas te saper le moral, mais est-ce que tu crois vraiment que sortir avec Charlie soit une bonne idée ? murmura-t-elle en reprenant son scalpel et en s'assurant que ses gants étaient bien ajustés, car elle ne voulait en aucun cas toucher la peau de la grenouille.

– Bien sûr que c'est une bonne idée, répondit Hillary. Il est adorable, Lori, et je ne pense pas qu'il soit aussi indigne de confiance que ça. Il a juste besoin d'une petite amie qui sache le prendre en main, ce dont Amanda était visiblement incapable…

Une expression de dégoût se peignit sur son visage lorsqu'elle baissa les yeux et vit la grenouille. Lori avait entièrement incisé le ventre de l'animal et ôté une fine pellicule de peau, dévoilant ses muscles blancs et fins.

– Donc, écoute, dit Hillary, en se redressant et en retirant ses gants afin d'arranger ses cheveux. J'ai besoin de ton aide. Il me faut des renseignements sur Charlie avant notre rendez-vous.

– Quoi ? Tu veux savoir avec combien de filles il est sorti cette semaine ? demanda Lori, en plaisantant.

– Mais non, répliqua Hillary d'un ton méprisant. J'ai besoin de savoir des choses sur lui. Par exemple… ce qu'il aime et ce qu'il n'aime pas. Je sais qu'il joue au basket, mais est-ce qu'il regarde les matchs à la télé ? Est-ce qu'il regarde le hockey ou le foot ? Est-ce qu'il a un chien ? Ce genre de trucs, quoi ! Comme ça, vendredi, je ferai semblant de m'y intéresser aussi.

Lori dit d'une voix agacée :

– Mais tu détestes les chiens. Quant au sport, n'en parlons pas.

– Et alors ? dit Hillary, en se déhanchant. C'est comme ça qu'on séduit les mecs, Lori. Il faut s'intéresser à tout ce qu'ils font.

Lori croisa les bras sur sa poitrine.

– Même mes rapports avec Declan étaient plus sains. Au moins, je ne me faisais pas passer pour une autre.

– Et tu vois où ça t'a menée ! dit Hillary d'un ton acerbe.

Lori recula, en écarquillant les yeux.

– Excuse-moi, dit rapidement Hillary, en saisissant son bras. Écoute, tu n'as qu'à poser quelques questions simples à Amanda. Vous êtes voisines. Tu n'as qu'à le faire quand vous rentrez ensemble du lycée. J'ai juste besoin de savoir une chose ou deux sur Charlie. C'est tout. Pour le reste, je me débrouillerai toute seule.

Lori contempla le sol du labo. Un bout de chewing-gum vert séché était coincé entre deux carreaux. Près de sa chaussure, il y avait petite tache rougeâtre qu'elle prit pour du sang.

– Je pense qu'Amanda a suffisamment de peine comme ça. Je n'ai pas envie de remuer le couteau dans la plaie.

– Essaie quand même, dit Hillary d'un ton suppliant de petite fille en se mordant les lèvres. Je t'en prie. Fais-le pour moi. Je te jure que je t'en serai reconnaissante toute ma vie…

Lori fixa son amie. Hillary et elle étaient devenues amies au collège. Elles avaient piqué un fou rire lorsque leur professeur de sciences naturelles avait rougi en leur parlant des maladies sexuellement transmissibles. Déjà à cette époque, elles parlaient des garçons comme aujourd'hui, mais elles évitaient de dire lesquels leur plaisaient. Elles étaient trop immatures et gênées pour cela. Tous les week-ends, elles faisaient les magasins ensemble, dégustaient des glaces et regardaient la télé pendant des heures, discutant jusqu'à quatre heures du matin de leur petit ami idéal. Hillary avait l'habitude d'écouter tous les problèmes de Lori et de les analyser dans les moindres détails. L'attention qu'elle lui prêtait d'habitude manquait à Lori ces derniers temps.

Elle plongea son regard dans les yeux bleus de son amie, qui attendait sa réponse.

– Bien, dit-elle. J'essaierai de parler à Amanda si c'est ce que tu veux...

Hillary lui serra les mains.

– Merci, dit-elle. Tu es géniale !

Mme Shea tapota l'épaule d'Hillary.

– Remets tes gants, vociféra-t-elle. Elle se pencha au-dessus de la planche à dissection, en fronçant les sourcils. Pourquoi êtes-vous tellement en retard les filles ? Tous les autres ont déjà retiré les intestins !

– Excusez-nous, dit Lori, en reprenant ses instruments. Dès que Mme Shea eut le dos tourné, elles prirent toutes les deux une mine dégoûtée. Je suis désolée, Kermit, murmura-t-elle en commençant à passer son scalpel autour des organes de la grenouille.

Soudain, le haut-parleur grésilla. Tout le monde cessa aussitôt de travailler.

– C'est M. Davis, dit une voix. J'ai la joie de nommer les élèves qui sont candidats aux élections.

Hillary se cala sur sa chaise métallique.

– Quel ennui, dit-elle d'une voix chantante.

On entendit quelques bruissements de papier, puis M. Davis continua. Il énuméra d'abord les noms des candidats au poste de trésorier, de secrétaire et de vice-président. Lorsqu'il arriva à ceux nommés au poste de président, Lori leva les yeux, même si le sujet ne l'intéressait guère ; ce serait probablement Brett Gregory. Il était délégué depuis longtemps et allait sûrement devenir l'un des piliers des œuvres de bienfaisance. De toute façon, les délégués ne faisaient pas vraiment ce qu'ils voulaient : le président était toujours incité à utiliser tout l'argent dont il disposait pour acheter de nouveaux maillots de football ou d'horribles plateaux orange pour remplacer les non moins horribles plateaux verts de la cafétéria, comme si quelqu'un s'en souciait. Bien sûr, si une personne sympathique ou différente était nommée et élue, il y aurait peut-être des changements positifs : les élèves ne seraient peut-être plus obligés de disséquer des grenouilles s'ils ne le voulaient pas, et l'on installerait peut-être une douche qui fonctionnait dans le vestiaire des filles, au gymnase.

– Ceux qui se présentent au poste de président sont Brett Gregory – Lori et Hillary levèrent les yeux au ciel, comme pour dire que c'était inévitable –, Kate Hampton – Lori et Hillary poussèrent à nouveau un soupir, car Kate était une autre élève de terminale, beaucoup plus déplaisante que Brett – et... Kyle Trager.

Le scalpel de Lori lui échappa des mains. Il tomba sur la grenouille avec un bruit répugnant.

Elle jeta un coup d'œil à Hillary. Avait-elle bien entendu ?

– Kyle Trager ? murmura Hillary, l'air de ne pas savoir si elle avait envie de rire ou de pleurer – elle donna une petite tape sur le dos de Lori. Ton adorable frère adoptif va peut-être faire carrière.

– Je suppose, dit Lori d'une voix tremblante.

C'était surprenant que quelqu'un ait proposé Kyle comme candidat. D'habitude, c'était toujours un élève de terminale qui était choisi. Il est vrai que Kyle était vraiment spécial. Elle pensa aussitôt à ce qui se passerait s'il était élu. Les élèves de Beachwood ignoraient ce qui les attendait s'il gagnait.

4. Jeux de l'esprit

Cet après-midi-là, Kyle était assis près d'une table en acier dans un vieil entrepôt, non loin de la maison. Sur la table, il n'y avait rien d'autre qu'une balle en caoutchouc rouge. Il la fixa intensément, en essayant de se représenter les minuscules molécules très denses qui la composaient. Puis il imagina que les cellules de son propre corps changeaient de polarité. *Je dois changer à l'intérieur pour changer le monde autour de moi*, pensa-t-il. Apprendre à modifier les charges positives et négatives de ses cellules lui permettrait de faire bouger la balle. Il ne comprenait pas exactement comment, mais il devait y croire. Il serra les poings et émit un grognement. Finalement, épuisé, il s'adossa. La balle n'avait pas bougé d'un pouce.

– Fais une pause, lui dit une voix dans l'ombre. Je te donne une minute pour récupérer tes forces. Ensuite, tu pourras recommencer.

Kyle gémit. Il essayait de faire bouger la balle depuis une heure et demie maintenant, sans y être parvenu. Parfois, ces exercices étaient une véritable corvée. Comme lorsque Nicole et Stephen lui demandaient de sortir les poubelles ou de passer l'aspirateur...

– O.K., dit la voix. Tu es prêt à recommencer ?

– Est-ce que j'ai le choix ?

Un homme s'avança dans la lumière. Il portait une veste en jean. Ses traits étaient durs, et ses cheveux coupés courts et raides. Parfois, lorsque Kyle regardait Tom Foss dans les yeux, il devait faire un effort pour ne plus le considérer avec méfiance et ne plus avoir peur de lui.

Lorsqu'il avait emménagé chez les Trager pour la première fois, Tom Foss était constamment dans les parages. Intuitivement, Kyle avait su qu'il n'était pas policier, car il rôdait autour de la maison, posait des questions qui lui donnaient la chair de poule, le surveillait depuis sa voiture et avait même pénétré dans le jardin des Trager pour récupérer un objet qu'il avait perdu – un porte-clés permettant d'accéder à la base de données d'une entreprise appelée Mada Corp. À cette époque, il ne savait pas ce que Foss voulait, mais il sentait qu'il avait en quelque sorte un lien avec lui. Foss travaillait avec Adam Baylin, la personne à qui Kyle devait la vie – au sens propre.

Lorsque Kyle était parti avec les Peterson (ou plutôt, avec les acteurs qui s'étaient eux-mêmes baptisés ainsi), il savait qu'il allait avoir le choc de sa vie. Ceux-ci l'avaient conduit jusqu'à une grande demeure retirée, où vivait un homme qui ressemblait à Kyle d'une façon stupéfiante. Il s'était présenté sous le nom d'Adam Baylin et lui avait affirmé qu'il détenait la clé de son passé. Au fil des jours, Adam avait répondu à ses interrogations.

Baylin était né d'une mère porteuse, et sa gestation avait duré treize mois, au lieu des neuf habituels. Il s'agissait d'une expérience top secrète à laquelle Einstein en personne avait participé, et qui partait du postulat que le prolongement de la vie intra-utérine permettait au cerveau de se développer davantage, donc à l'être humain d'acquérir une plus grande intelligence. Tous ceux qui avaient pris part à cette étude s'en étaient depuis longtemps désintéressés, mais Baylin savait qu'elle avait donné des résultats probants : il avait manifestement des capacités physiques et mentales supérieures à celles de ses semblables. Aussi, lorsqu'il fut suffisamment âgé, et que ses aptitudes se furent développées, il commença à faire lui-même des expériences. Il souhaitait créer davantage d'individus à son image. Des personnes dotées d'une intelligence exceptionnelle qui transformeraient le monde.

Adam créa une entreprise qu'il baptisa Zzyzx, pour mener à bien son projet. Il trouva des bienfaiteurs pour le financer. Pendant plusieurs années, il essaya de concevoir un utérus artificiel afin de ne pas mettre en péril la vie d'une femme. Après en avoir élaboré un qui ne présentait pas de risques, Adam utilisa son propre matériau génétique pour créer... Kyle.

Malheureusement, certains employés de Zzyzx se retournèrent contre lui. Lorsqu'il avait créé Kyle, ils avaient réalisé qu'il était possible d'utiliser ce dernier à des fins beaucoup plus sordides. Comme Baylin s'était opposé à leur dessein, ils avaient tenté de l'assassiner. Il s'était alors enfui... en laissant Kyle dans son caisson. Il avait peur de le faire sortir de son incubateur, car, au cours de précédentes expériences, les enfants qu'il avait sortis étaient morts. Baylin avait cherché durant des années un procédé pour que Kyle puisse quitter son caisson sans aucun danger. Lorsque celui-ci s'était rendu compte que, chez Zzyzx, on avait donné l'ordre de tuer le jeune homme – pour des raisons incompréhensibles – il avait dit qu'il fallait prendre le risque, qu'il fallait que quelqu'un sorte Kyle de là.

Et qui avait accompli cette tâche ? Qui avait veillé sur lui pendant des années, lorsqu'il était dans son caisson ? Tom Foss, l'homme qui traînait autour de la propriété des Trager il y a plusieurs mois... L'homme dont Kyle avait pensé autrefois qu'il le traquait.

Lorsque Baylin s'était enfui, Foss était resté chez Zzyzx, afin de protéger Kyle. Lorsqu'il avait été décidé de le supprimer, Baylin avait demandé à Foss de le sortir du caisson, ce qu'il avait fait. Peu de temps après, Kyle s'était réveillé à Victor Falls. Il ne se souvenait de rien. Foss était là et l'observait lorsque la police l'avait arrêté parce qu'il se promenait nu dans les rues de Seattle. Il avait été emmené au centre pour adolescents en difficulté. Foss avait également assisté à l'intervention de Nicole Trager. C'était aussi lui qui avait installé des caméras dans la chambre de Kyle, non pour l'espionner, mais pour être sûr qu'il était en sécurité.

Avec l'aide de Baylin, Kyle avait commencé à comprendre qui il était. Il avait donc fini par réaliser qu'il n'aurait jamais de souvenirs, comme tout le monde ; que son réveil à Victor Falls était en réalité son tout premier souvenir... Plus il passait de temps avec Adam, plus ce dernier lui apparaissait comme un mentor – voire comme un père. Puis une terrible tragédie était arrivée : les ennemis de Baylin avaient retrouvé sa trace. Alors qu'Adam était en train d'enseigner à Kyle comment déplacer des objets grâce à son esprit, il avait reçu une balle en plein cœur. Il était mort rapidement et sans souffrir, et Kyle s'était à nouveau retrouvé seul au monde.

Zzyzx avait organisé l'assassinat de Baylin, car ce dernier en savait beaucoup trop. Foss et Brian Taylor, l'associé d'Adam, avaient prévenu Kyle que les membres de Zzyzx allaient le rechercher, pour les mêmes raisons. Pour les en empêcher, Foss avait bombardé le complexe, tuant tout le monde. Il avait ensuite promis à Kyle qu'il resterait avec lui, et qu'il lui enseignerait ce que Baylin voulait qu'il sache.

Mais Kyle voyait les choses autrement. Il ne pouvait imaginer rester éloigné du monde, isolé de tous. Cela semblait pire que d'avoir passé les seize premières années de sa vie dans un caisson. Il voulut retourner chez les Trager. Foss avait demandé à Kyle s'il était conscient des sacrifices que cela représenterait : il lui faudrait mentir aux Trager chaque jour de son existence. Il ne pourrait jamais leur dire la vérité sur son passé ni leur parler d'Adam, de Zzyzx ou de la destruction du centre.

Kyle était prêt à relever ce défi. Il était retourné chez les Trager trois mois après les avoir quittés, en disant à Nicole, Stephen, Lori et Josh que ses parents étaient morts dans un accident de voiture. Les Trager l'avaient accueilli à bras ouverts et adopté légalement comme leur fils. Foss l'avait autorisé à agir ainsi à une condition : qu'ils continuent tous deux à développer ses capacités mentales, comme il l'avait fait avec Baylin. C'est pour cela que Kyle se trouvait dans cet entrepôt à cet instant. Il s'y rendait tous les jours depuis son retour, se faufilant furtivement hors de la maison à une heure tardive, sans dire où il se rendait, essayant de ne jamais paraître épuisé devant les membres de sa nouvelle famille et luttant pour cultiver les aptitudes qui étaient les siennes selon Adam.

Kyle se concentra à nouveau sur la balle. Il plissa les yeux, souhaitant qu'elle se déplace. Soudain, celle-ci bougea de deux centimètres.

– C'est moi qui ai fait ça ? demanda Kyle.

– C'est peut-être le vent, dit Foss.

Il retira la balle de la table et posa une boîte noire à la place. Nicole en avait une semblable dans sa cuisine. Elle y rangeait le café.

– Voilà le prochain exercice. Avant de mourir, Adam essayait de voir à travers les objets. Il disait que les molécules étaient comme de petites toiles d'araignée, et que, si l'on savait comment les dissocier mentalement, il était possible de voir au-delà de celles-ci.

Kyle haussa les sourcils.

– Cela semble impossible. Adam a-t-il réussi ? demanda-t-il.

– Une fois seulement, répondit Foss en tapotant sur la boîte. Mais je pense que tu peux y parvenir. Dis-moi ce qu'il y a dans cette boîte.

Kyle regarda la boîte un long moment, mais il ne voyait rien d'autre que sa surface en céramique brillante.

– De la farine ? demanda-t-il, épuisé.

– Bon… dit Foss, en passant la main sur ses cheveux. Nous avons peut-être un peu forcé aujourd'hui. Je ne veux pas que tu t'épuises.

Kyle haussa les épaules. Il savait qu'il était important de s'arrêter avant d'être exténué. Lorsqu'il avait rencontré les Trager, il avait essayé d'écouter une conversation à distance au cours d'une fête foraine. Ensuite, il ne s'était plus souvenu de rien avant de reprendre connaissance, visage contre terre, allongé sur le sol au milieu de détritus, faible et désorienté. Beaucoup plus tard, Adam avait expliqué à Kyle ce qui lui était arrivé. Si le garçon sollicitait trop son cerveau, celui-ci réagissait fortement et il s'évanouissait. Il s'agissait de l'un des inconvénients liés à ses facultés, et Adam avait dit à Kyle qu'il devait connaître ses limites. Pourtant, Kyle n'en était pas conscient. Il se demandait s'il les connaîtrait un jour.

– Pense que tu veux voir ce qui se trouve dans la boîte, poursuivit Foss, en enlevant celle-ci de la table et en la posant sur une étagère. Adam disait qu'il existait une technique. Une fois que tu l'auras trouvée, tout deviendra simple.

– A-t-il écrit quelque chose là-dessus ? demanda Kyle.

Adam avait consigné un grand nombre de ses pensées, de ses idées et de ses techniques, afin que Kyle puisse les assimiler. Mais il y avait encore beaucoup de choses que le jeune homme ignorait.

Foss sourit tristement.

– Non, dit-il en se tapotant la tête avec l'index, il avait tout ça dans la tête.

Il soupira et dévisagea Kyle avec attention, en s'accoudant à une table.

– Alors, ta famille ne te tape pas trop sur les nerfs ?

– Non, répondit Kyle, en détournant le regard.

Foss n'avait pas compris sa décision de retourner chez les Trager et l'avait laissé faire à la condition qu'il prenne un certain nombre de précautions. Il pensait que c'était trop dangereux, trop risqué, et il lui posait toujours beaucoup de questions à ce propos.

– Il y a quelque chose que je devrais savoir ? Y a-t-il de nouvelles personnes dans ton entourage ?

Kyle réfléchit un moment.

– Oui, une fille que Lori appelle la fêlée.

– La fêlée ?

– Parfois elle l'appelle La cinglée, dit Kyle en haussant les épaules. Je ne l'ai jamais vue, mais apparemment, Lori la considère comme une menace. Elle pense que cette fille va mettre le grappin sur Declan.

Foss lui jeta un long regard peiné. Il semblait dire : *C'est de cela dont tu te soucies ? Tu devrais penser à la physique. Ou à l'astronomie. Ou à la littérature. Pas aux histoires de petits copains…*

– Fascinant, se contenta-t-il de répondre.

Mais en réalité, cela fascinait véritablement Kyle. Il s'intéressait à la physique, à l'astronomie et à toutes ces matières, naturellement, mais il était à des années-lumière des jeunes de son âge quand il s'y plongeait. En revanche, il n'avait aucune idée de la manière dont on devient un adolescent normal. Par exemple, il ne savait pas ce qu'il fallait faire pour devenir un petit ami, pour flirter, pour savoir si une fille s'intéressait à vous, ou si c'était une sage décision de garder un secret vis-à-vis d'une personne que l'on aime plus qu'un ami. En particulier si l'on sait que le lui révéler la blessera.

Si ceux qui avaient le même âge que Kyle avaient eu seize ans pour construire leur personnalité et apprendre les règles qui régissent les relations avec d'autres personnes, lui partait de zéro : il devait tout assimiler rapidement. À ses yeux, donc, le drame qui s'était noué entre Lori et son petit ami était réellement fascinant. Peut-être plus fascinant que les exercices que Foss lui faisait faire.

– Y a-t-il autre chose que je devrais savoir ? demanda Foss.

Kyle passa la langue sur ses lèvres. Les battements de son cœur s'accélérèrent. Il essayait d'imaginer comment annoncer cette grande nouvelle. Il finit par dire :

– J'ai été nommé candidat au poste de président-délégué du lycée aujourd'hui.

Le visage de Foss s'assombrit.

– Quoi ?

– Président-délégué, répéta Kyle. C'est celui qui gère tous les événements du lycée, collabore avec l'administration, prend des décisions importantes…

– Je connais les fonctions d'un président-délégué, l'interrompit Foss.

Il secoua lentement la tête, l'air contrarié.

– Qui t'a nommé ?

– Je ne sais pas, répondit Kyle. J'ai été très surpris.

Il raconta à Foss qu'il se trouvait en cours d'histoire, que le sujet traité était la bataille de Bunker Hill, pendant la guerre d'Indépendance, et que l'un des rebelles avait dit : "Ne tirez pas avant de voir le blanc de leurs yeux !" Quelques élèves avaient dit que Kyle ferait un bon général, car il avait agi héroïquement le matin même. Il s'était contenté de rire en entendant ces propos. Puis il y avait eu une annonce.

Kyle avait eu du mal à croire à sa nomination... Toute la classe l'avait complimenté en lui donnant des tapes dans le dos, y compris M. Pearson, le professeur.

– C'est un grand défi, poursuivit Kyle. Car les élèves de première ne sont jamais candidats. Mes concurrents sont deux terminale, et Lori m'a dit que, si je gagnais, ce serait la première fois qu'un élève de mon âge obtient ce poste à Beachwood.

Foss poussa un grognement.

– Tu es fou ? Tu ne dois pas te présenter à ces élections...

Kyle resta bouche bée.

– Mais j'en ai envie... répondit-il doucement.

– Tu seras sous les feux des projecteurs, dit Foss en se levant de sa chaise et en commençant à faire les cent pas dans l'entrepôt. Quelqu'un pourrait te remarquer, Kyle. Personne ne doit savoir que tu es vivant...

– Mais je pensais que la menace avait été éliminée ! dit Kyle, un soupçon de sarcasme dans la voix.

Il songeait au fait que Foss avait fait sauter Zzyzx et tué des êtres humains, sans lui demander son accord. Cela continuait d'ailleurs à lui poser un problème.

– Tu sais parfaitement que la menace est toujours présente, dit Foss d'un ton dédaigneux. Il reste des gens qui connaissent l'expérience. Je ne peux pas éliminer tous les risques... Il faut que tu sois discret, sinon, il se pourrait... – il fit une pause, reprenant sa respiration – que tu finisses comme Adam.

– Mais je ne suis pas Adam ! C'est ma vie. Je devrais avoir le droit de la vivre ! Adam m'a dit que je devais utiliser mes dons pour changer le monde. Pourquoi ne pas commencer par mon lycée ? Est-ce que ce n'est pas pour cette raison qu'il a entrepris cette expérience ?

– Tu n'es pas prêt, dit Foss, dont les yeux lancèrent des éclairs de colère.

– Je pense que si, rétorqua Kyle.

– Comment sais-tu que la personne qui a proposé ta candidature ne sait pas certaines choses à ton sujet ? suggéra Foss. Et si c'était un coup monté ?

En entendant cela, Kyle sentit l'inquiétude le gagner. Il n'y avait pas pensé.

Foss observa sa réaction.

– Attends. Tu n'as rien dit à personne, n'est-ce pas ? Est-ce que les Trager savent quelque chose ?

Kyle secoua la tête. Il ne leur avait rien dit. Toutefois, il avait confié quelques informations à Declan McDonough avant de partir pour le Connecticut avec ses faux parents. Il lui avait laissé une série d'indices pour lui faire comprendre qu'en réalité, ce n'était ni son père ni sa mère, et il lui avait dit que s'il le contactait d'une manière ou d'une autre, cela voudrait dire qu'il était en danger. Lorsque Kyle avait demandé à Declan de garder le secret, il savait que ce ne serait pas facile, d'autant que ce dernier ne connaissait que quelques bribes de vérité. Et maintenant que Kyle était revenu, Declan ne cessait de lui poser toutes sortes de questions.

Mais Kyle choisit de ne rien avouer à Foss, qui considérerait cela comme une trahison suprême. De plus, Declan n'y était pour rien, et il lui faisait confiance. Il savait qu'il pouvait se fier à lui.

– Non, répondit-il d'une voix rauque. Et ma nomination n'était pas calculée. J'en suis sûr. Je veux vraiment être candidat à ces élections. Je pense qu'il n'y aura aucun problème !

Foss serra les poings. Son visage était rouge de colère, et une veine saillait sur son cou.

– Écoute, Kyle. Je sais que tu as envie de le faire et que tu penses que c'est une bonne chose. Mais crois-moi, ce n'est pas le cas. Tu le comprendras, un jour, et tu me remercieras. Pour l'instant, tu dois simplement me faire confiance. Est-ce que tu suivras mon conseil et retireras ta candidature ? Tu n'as pas envie qu'il arrive malheur aux Trager, n'est-ce pas ? Parce que si quelqu'un de Zzyzx te trouve, ta famille sera en grand péril…

Kyle fit la grimace. Foss lui avait dit que d'autres personnes connaissaient l'expérience de Zzyzx. Si on apprenait qu'il était vivant, il serait traqué, comme Adam avait été pourchassé… Et que tous les moyens seraient bons pour le retrouver. Les visages des Trager défilèrent dans son esprit : le sourire énergique de Nicole, le regard chaleureux et brillant de Stephen, le petit sourire en coin de Josh et la moue hautaine mais intelligente de Lori… Ils n'avaient rien à voir avec tout cela.

Kyle poussa un énorme soupir.

– D'accord. Je vais refuser… si tu penses que c'est ce qu'il y a de mieux à faire.

– Très bien, répondit Foss, qui se détendit et marcha d'un pas vif jusqu'au fond de l'entrepôt, où se trouvait une rangée de hautes étagères.

Il mit un certain temps à mettre la main sur ce qu'il cherchait : un cahier blanc et noir, ordinaire. Lorsqu'il souffla sur la couverture, un nuage de poussière se répandit.

– J'essayais de trouver le bon moment pour te remettre ceci, dit Foss, en plaçant le cahier entre les mains de Kyle. Il s'agit du journal d'Adam. Il ne contient pas toutes ses découvertes scientifiques, simplement ses pensées quotidiennes. Ce que c'était d'être… Adam. Cela pourra peut-être t'aider.

Kyle prit le journal. Il ne savait pas qu'Adam en avait tenu un. En ouvrant la première page, il reconnut son écriture fine. Sa gorge se serra. En lisant ses notes, il avait l'impression qu'une petite part d'Adam revivait.

"Je n'avais jamais essayé de noter mes pensées auparavant, avait écrit celui-ci. Toute ma vie, je les ai gardées en moi. Ce que je suis. Ce que je suis capable de faire. Je n'ai découvert mes origines qu'hier. J'ai appris qu'il y avait eu une mère porteuse… et des expériences. Et je me sens… je ne sais pas. Excité. Terrifié. J'ai certaines réponses… mais beaucoup d'autres questions. Je ne suis pas sûr de vouloir être différent. J'ai envie d'être comme tout le monde."

Kyle referma le cahier. Son cœur battait à cent à l'heure. Les premières notes d'Adam faisaient écho à ce qu'il vivait : la recherche de ses origines, l'exploration de ses extraordinaires talents, son sentiment d'être perdu et très, très différent des autres. Adam et lui avaient peu parlé de sentiments – sauf lorsque Adam lui avait raconté ses expériences, son espoir de créer un autre être humain comme lui… pour avoir une famille. Maintenant qu'Adam n'était plus là, Kyle avait pris sa place. Il était désormais la seule personne au monde à posséder de tels dons. Et comme Adam, il était tout seul.

– Adam, lui, parviendra peut-être à te convaincre qu'il est très important de rester discret, dit Foss d'une voix douce. Car, manifestement, tu ne m'écoutes pas…

Kyle se leva lentement, marmonnant qu'il devait rentrer à la maison et qu'il viendrait voir Foss le lendemain à la même heure. Il prit le journal d'Adam et s'en alla. Il était mentalement épuisé, et ce n'était pas seulement à cause des exercices destinés à développer ses capacités… Il sortit de l'entrepôt et emprunta l'allée boisée qui menait vers son quartier.

– Kyle !

Kyle sursauta et se retourna. Declan McDonough se tenait dans l'allée, lui barrant le chemin. Il avait les mains posées sur les hanches et l'air très énervé. Il avait constamment cette expression depuis que Kyle était revenu.

– Tu m'as suivi ? demanda Kyle d'une voix inquiète.

– Oui, répondit Declan. Je te demande seulement de ne pas t'enfuir. Tu me dois une explication… Il faut que tu me fasses confiance. Je ne dirai rien. Je veux simplement savoir ce qui t'arrive…

Il regarda autour de lui.

– Qu'est-ce que tu fais ici ?

– Je me promenais, répondit Kyle.

Declan le regarda en plissant les yeux.

– Très bien, dit-il, d'un ton montrant qu'il n'était pas dupe.

Kyle jeta un coup d'œil derrière lui. Des grands pins masquaient le bâtiment. Malheureusement, ce n'était pas une bonne chose que Declan cherche à en savoir plus. Kyle se souvint de l'expression furieuse de Foss quand il lui avait demandé : "Tu n'as rien dit à personne, n'est-ce pas ?"

Declan enfonça les mains dans ses poches.

– Parle-moi, Kyle. Je n'y arrive plus… Le magazine, le bateau à voile – tous les indices que tu m'as laissés me rendent dingue. Je ne dors plus, je ne mange plus, j'ai des notes catastrophiques… Est-ce que tu pourrais au moins me dire la vérité ?

Kyle réfléchit. Il avait très envie de tout lui révéler : il savait qu'il était digne de confiance. Mais il pensa à la promesse faite à Foss. Ce dernier l'apprendrait.

– Je suis désolé, dit Kyle.

Et il fit exactement ce que Declan avait prédit : il fit demi-tour et s'éloigna.

– Kyle ! hurla Declan. Kyle !

Mais Kyle poursuivit son chemin.

5. Histoires de famille

Jessi Hollander s'assit dans la voiture à côté de sa sœur Emily, tout en faisant tourner son bracelet en argent autour de son poignet.

– Où est-ce que nous allons encore ? demanda-t-elle.

Emily était rentrée directement du travail. Elle portait un tailleur gris pimpant, des chaussures à hauts talons et des boucles d'oreilles en diamant. Lorsqu'elle se tourna vers Jessi, ces dernières étincelèrent.

– Voir quelqu'un.

– Qui ?

– Il s'agit d'une femme très gentille qui discutera avec toi, dit Emily.

– Mais je ne peux pas discuter avec toi plutôt ?

– Je ne suis pas capable de t'aider comme cette femme, expliqua Emily avec un gentil sourire. D'ailleurs, je ne suis pas sûre qu'elle le puisse non plus. Je vais juste voir si elle pense que c'est possible. Tu n'as pas besoin de sortir de la voiture, si tu n'en as pas envie.

– Pourquoi est-ce que je dois discuter avec quelqu'un, en fait ? demanda Jessi, en se tortillant sur son siège.

– Elle sera peut-être capable de t'aider à retrouver la mémoire, dit Emily en tournant à droite.

– Oh... fit Jessi en appuyant son visage contre la vitre.

Elle ne reconnaissait aucune des maisons devant lesquelles elles passaient. En fait, elle ne reconnaissait pas grand-chose. Elle savait que le gazon et les arbres étaient de couleur verte, qu'elles étaient dans une voiture, et que la route était recouverte de goudron. Elle savait aussi qu'elle s'appelait Jessi, qu'Emily était sa sœur, qu'elle avait seize ans, et qu'elle aimait Avril Lavigne, qu'elle voulait apprendre à conduire, et qu'elle était très bonne en maths. Mais elle ignorait comment elle en était venue à savoir tout ça : il s'agissait de détails de sa vie qu'elle était capable de réciter comme une formule d'algèbre, sans avoir l'impression qu'ils reposaient sur du vécu. Elle supposait que c'était ce à quoi Emily faisait allusion lorsqu'elle parlait de son amnésie. Apparemment, elle avait eu une grave maladie qui lui avait laissé des séquelles. Lorsqu'elle avait demandé à sa sœur de quelle maladie il s'agissait, celle-ci avait éludé sa question, assurant que ça n'avait pas d'importance, que c'était du passé, et qu'elle allait beaucoup mieux à présent.

– J'aimerais bien que tu voies cette psychologue avant que je t'inscrive au lycée cette semaine, murmura Emily.

– Bien, dit Jessi en lissant son jean de la main.

– Tu es contente d'aller au lycée, non ? demanda Emily en souriant. En tout cas, tu aimais l'école où tu allais avant.

– Ah bon ?

– Bien sûr. Tu y avais un tas d'amis !

Jessi se mit à ronger un de ses ongles roses, en essayant de se remémorer ce que ça faisait d'avoir des amis. La seule personne dont elle se souvenait était sa sœur, qui s'était occupée d'elle depuis la mort de ses parents. Mais elle n'arrivait pas du tout à se rappeler ces derniers. Emily avait sans doute raison. Ce médecin l'aiderait peut-être à recouvrer la mémoire.

– De toute façon, le lycée te fera du bien, poursuivit Emily. Tu y retrouveras sûrement certains des garçons que tu as vus lors de la dernière soirée, ajouta-t-elle avec un petit rire. J'espère que tu n'auras pas envie d'en étrangler un.

Jessi se mordit les lèvres. Quelques jours auparavant, lors de cette fameuse soirée, un garçon s'était approché d'elle et lui avait touché le bras. Et elle avait eu une sorte de choc.

Elle s'était soudain vue dans les bois. Elle avait aperçu les yeux brillants, étranges et menaçants d'un homme. Ce dernier semblait vouloir lui faire du mal, et elle avait pensé que ce garçon était animé des mêmes intentions. Alors, Jessi l'avait soulevé du sol par le cou, en l'étranglant. Emily était intervenue très rapidement et l'avait emmenée. Elle lui avait dit qu'il ne fallait pas étrangler les gens, et qu'elle ne devait plus jamais recommencer. Elle n'avait pas voulu prêter attention à la description que Jessi avait faite de l'homme. Qui était-il ? Que lui voulait-il ? Sa sœur lui avait assuré que tout cela n'avait jamais existé, que ce n'était qu'un rêve.

Emily s'arrêta devant une grande maison, dont le porche était éclairé par des lampes diffusant une lumière jaune et tamisée.

– Nous sommes arrivées, dit-elle. Alors qu'elle coupait le contact, son téléphone sonna. Elle regarda le numéro qui s'affichait, puis jeta un coup d'œil à Jessi. Attends-moi une seconde, le temps que je réponde à cet appel, ajouta-t-elle.

Jessi regarda sa sœur sortir du véhicule, claquer la portière et se mettre à parler à son interlocuteur en s'éloignant de quelques pas.

– Je suis arrivée, dit-elle. Oui, elle est ici aussi. Non, je ne lui ai rien dit, bien sûr, continua-t-elle d'une voix plus basse, mais tout aussi agitée.

Jessi fit mine de manipuler le bouton de la radio. Sa sœur lui avait dit à maintes reprises qu'elle ne devait pas écouter ses conversations téléphoniques. Ce n'était pas facile d'entendre ce qu'elle racontait. Jessi devait tendre l'oreille pour saisir les propos de sa sœur… Cela l'épuisait toujours. Après ce genre d'effort, elle avait les jambes qui tremblaient et la nuque raide.

– Ne vous en faites pas, poursuivit Emily. Nous y arriverons et nous ramènerons XY comme vous le souhaitez.

Jessi avait déjà entendu des conversations semblables à celle-ci, surprenant des termes comme "réintégration", "Mada Corp" et les deux lettres que sa sœur répétait souvent "XY". Que pouvaient-elles bien signifier ?

Lorsque Emily, après avoir refermé son portable, revint vers la voiture, Jessi détourna le regard, en faisant semblant d'examiner ses ongles. Emily ouvrit la portière et lui fit un grand sourire en disant :

– Excuse-moi. Tu es prête ?

– À qui parlais-tu ? lâcha Jessi.

Emily lissa les plis de son blazer et mit son sac à main en bandoulière.

– À mon patron, dit-elle d'un ton jovial.

– De quoi parliez-vous ?

– Du travail. Rien de bien folichon. Pourquoi ?

– Si c'était si ennuyeux, pourquoi est-ce que tu es sortie de la voiture alors ? lui demanda Jessi, imperturbable.

Emily la scruta un instant. Puis elle se mit à fouiller dans son sac et se passa du rouge à lèvres. Avant de ranger le tube, elle jeta un coup d'œil à Jessi et lui dit :

– Cette couleur devrait très bien t'aller. Mets-toi un peu de ce rouge pour voir.

Jessi examina le tube nerveusement, ne sachant pas vraiment comment s'en servir.

– Allons… Ce n'est pas si compliqué ! s'exclama sa sœur d'une voix plaintive.

Elle ôta le capuchon du tube, tourna le bout de ce dernier pour faire apparaître le bâton de rouge. Jessi ferma les yeux lorsque sa sœur lui en badigeonna la bouche. Puis Jessi pressa ses lèvres l'une contre l'autre. Elle eut l'impression que ce n'étaient pas les siennes. Elles avaient une consistance caoutchouteuse et semblaient plus épaisses.

– Les gens mettent ce genre de chose ? demanda-t-elle, étonnée.

– Oui, tout le temps, répondit Emily. Lorsque nous serons rentrées à la maison, je te maquillerai un peu plus. Tu auras droit à une petite séance de maquillage.

– D'accord, dit Jessi d'une voix calme, en essayant de sourire.

– Maintenant, est-ce que tu veux bien m'accompagner ? lui demanda Emily.

– Bien sûr, dit Jessi.

Elle pensa que c'était toujours mieux que de rester assise dans la voiture, en s'interrogeant sur ce que sa sœur était en train de faire. Elles se dirigèrent vers les marches menant à la porte d'entrée. Emily appuya sur la sonnette. Jessi entendit quelques oiseaux perchés sur les branches d'un grand arbre émettre des cris rauques. Le vent fit voler ses cheveux.

– Je pense qu'ils ne sont pas là.

– Ils devraient pourtant être chez eux, dit Emily en regardant autour d'elle, l'air déconcerté.

– Pourquoi ça ? demanda Jessi en fronçant les sourcils.

– Parce que… répondit Emily en baissant la voix.

Elle commençait à être irritée. Elle essaya de pousser la porte, mais celle-ci ne s'ouvrit pas. Emily descendit du porche et se dirigea vers l'arrière de la maison.

– Que fais-tu ? demanda Jessi en la suivant.

– Je regarde s'ils ne sont pas dans le jardin, lui dit Emily en se retournant.

– On ne pourrait pas plutôt rentrer à la maison ?

– Je veux parler à cette psychiatre, dit Emily. Je pense vraiment qu'elle serait bien pour toi.

Derrière la maison, le jardin était vide. Une paire de baskets près de la porte et un sac à dos posé à l'intérieur de la véranda étaient les seuls signes de vie. Emily poussa la porte, qui s'ouvrit facilement, se pencha et commença à inspecter le sac à dos. De la main droite, elle ouvrit la fermeture Éclair d'une des poches et en sortit ce qui ressemblait à une copie d'examen. En haut de celle-ci figurait une appréciation en rouge "A +". Jessi ne parvint à lire que le début du nom de l'élève dans la marge. Celui-ci commençait par un K. La main gauche d'Emily s'enfonça plus profondément dans la poche.

– Que fais-tu ? demanda Jessi.

– Rien, dit Emily en remontant maladroitement la fermeture Éclair avec des gestes saccadés et en replaçant le sac à l'endroit où il était. Je pense qu'ils ne sont pas chez eux. Nous reviendrons.

Jessi suivit sa sœur qui descendit calmement les marches du perron et se dirigea vers sa voiture comme si de rien n'était. Elle était stupéfaite. Était-il normal d'ouvrir les sacs d'autres personnes et d'en inspecter le contenu ? Et puis, pourquoi sa sœur n'avait-elle rien pris ? Elle devenait de minute en minute de plus en plus mystérieuse.

– Quel est le nom de cette psychiatre déjà ?

– Nicole, dit Emily. Nicole Trager.

Lorsque Emily monta dans le véhicule, un frisson parcourut Jessi. Il y avait dans ce nom quelque chose de familier, comme si elle l'avait déjà entendu auparavant. Mais, comme d'habitude, elle ne se souvenait pas dans quelles circonstances.

6. Kyle se décide

Environ une demi-heure plus tard, Lori rentra chez elle. En franchissant la porte, elle entendit que ses parents étaient en train de cuisiner. Son père remuait des spaghettis et avait l'air aussi inquiet qu'elle-même, lorsque sa mère lui confiait certaines tâches culinaires.

Nicole mettait la table. Elle leva les yeux lorsque Lori entra et prit immédiatement une expression anxieuse, son expression de thérapeute.

– Lori, que se passe-t-il ?

Lori gémit intérieurement.

– Ça se voit donc tant que ça ?

– Tu as l'air aussi désespérée que lorsque tu étais au jardin d'enfants, et que Ramona Hawthorne t'avait pris ton livre de contes préféré, précisa Nicole.

– Eh bien, on m'a encore volé quelque chose ! dit Lori d'un ton lugubre.

– Quoi ?

– Oh, juste un petit ami, répondit Lori, d'un ton aussi détaché que possible. Ce qui me rend malade, c'est que je ne connais même pas cette fille. C'est juste une espèce de dingue qui est venue à la soirée l'autre jour. Hillary et moi l'avons surnommée la fêlée.

– La fêlée ? répéta Josh, qui était assis à la table et jouait à un jeu vidéo sur sa console PlayStation portable. J'adore les nanas un peu folles. Folles de sexe, surtout. Le genre à enlever leurs fringues en public…

– Beurk ! dit Lori.

– Josh ! le réprimanda sa mère.

– Ce n'est pas bien de traiter les gens de fêlés, dit Stephen Trager, qui coupait des tomates.

Lori désigna Kyle du doigt : celui-ci était en train d'entrer dans la maison.

– Kyle la connaît, dit-elle.

Kyle parut surpris et baissa la tête. Il s'était précipité pour rentrer après avoir vu Tom Foss, craignant de manquer le dîner familial. Il devenait de plus en plus difficile de conjuguer son propre emploi du temps avec celui de Foss et celui des Trager.

– Je ne l'ai jamais rencontrée. J'ai juste entendu parler d'elle.

– Les gars, nous avons un repas à préparer, dit Stephen d'un ton sévère. Tu dois aussi participer, Josh. Va chercher à boire pour tout le monde. Et que ça saute !

Josh fit la grimace. Il détestait que son père lui dise "Et que ça saute". Il alla de mauvaise grâce jusqu'au placard, en sortit cinq verres et commença à les remplir de glace.

– Tu n'as pas mal interprété les choses, au moins, Lori ? demanda Nicole en s'asseyant à la table. Est-ce que Declan a déjà parlé à cette fille ?

– Ça n'a pas d'importance, dit Lori. J'ai bien vu la façon dont il la regardait...

– Ça ne veut peut-être rien dire.

– Alors, pourquoi est-ce qu'il m'a laissée tomber ? Donne-moi une seule bonne raison...

Kyle fixa le sol. Il craignait que Declan n'ait laissé tomber Lori à cause de lui – à cause de ce qu'il lui cachait. Il pensait à ce que Declan lui avait dit – que les secrets de Kyle l'inquiétaient, qu'ils affectaient son sommeil, son appétit et ses résultats scolaires. Peut-être que cela gâchait également sa relation avec Lori...

Mais il n'était pas possible de le révéler à la jeune fille, même si c'était la vérité.

– Je n'en vois pas, marmonna Kyle. Mais je ne suis pas certain qu'il s'intéresse à quelqu'un d'autre.

– Mon pauvre ! s'exclama-t-elle. Les garçons ont toujours quelqu'un en tête... Il en pince pour la fêlée, c'est évident !

– Est-ce que les garçons peuvent réellement tomber amoureux d'une fille sans la connaître ? demanda Kyle.

Lori émit un grognement.

– Il est évident que tu as encore beaucoup de choses à apprendre sur les garçons, Kyle ! Ce qui est un peu perturbant, parce que tu en es un...

– Peut-être pas, dit Josh d'une petite voix. C'est peut-être un alien.

Lori lui jeta un regard et choisit d'ignorer sa remarque.

– Ça ne change rien qu'un garçon n'ait jamais parlé à une fille. Il peut tomber amoureux d'elle rien qu'en la regardant. J'ai pu le constater des centaines de fois !

Kyle prit une petite gorgée d'eau.

– Je ne pense pas que ça pourrait m'arriver !

– Ça t'est arrivé ! répondit Lori en le regardant avec insistance. Avec Amanda...

Kyle se cala sur sa chaise, gêné.

– Je pense que Kyle est un extraterrestre, suggéra Josh. Et je ne crois pas que ma théorie soit tellement tirée par les cheveux...

Il se tut, retournant cette idée dans sa tête. Ceux qui avaient affirmé être les parents de Kyle étaient peut-être des extraterrestres, eux aussi. Ils avaient dû simplement ramener Kyle dans leur vaisseau spatial, où il avait passé les trois derniers mois branché à une unité murale pour être rechargé. Bientôt, il repartirait pour être rechargé à nouveau.

Josh eut un sourire inquiétant. La prochaine fois que Kyle y retournerait, il pourrait lui demander de rapporter des armes extraterrestres super-puissantes.

Soudain, il revint à la réalité :

– Papa, est-ce que tu crois que tu pourrais réparer mon ordi ce soir ? J'en ai besoin.

Lori marmonna :

– Pour quoi faire ? Pour jouer à des jeux vidéo à la noix de coco ?

– Non, répondit vivement Josh. Je dois rédiger un exposé...

– C'est cela, dit son père d'un ton sarcastique.

Josh resta bouche bée. Son père ne le croyait pas... Il avait pourtant réussi à convaincre M. Carver de le laisser retravailler l'exposé sur Mark Twain, afin d'obtenir une meilleure note. Toutefois, le professeur ne lui avait accordé qu'une journée supplémentaire.

Stephen égoutta soigneusement les spaghettis au-dessus de l'évier.

– Tu aurais dû me le dire ce matin, Josh. Kyle et moi comptions aller courir ce soir. Ensuite, nous voulions regarder le match.

– Mais papa, gémit Josh. Je ne le savais pas ce matin !

– Nous avons un autre ordinateur, lui rappela son père.

– Oui, Josh, tu n'as qu'à utiliser celui qui se trouve dans le salon... conseilla Nicole.

Josh grommela. Lorsqu'il utilisait l'ordinateur du salon, les autres membres de la famille étaient sans cesse derrière son dos pour lui demander ce qu'il faisait. En particulier sa mère, qui voulait toujours vérifier son travail.

– Non, merci. Je vais plutôt écrire à la main, bougonna-t-il.

– Avec ton écriture ? plaisanta Lori, en déposant un grand saladier sur la table. On dirait celle d'un serial killer.

– Céréales Killer ? répéta Kyle.

Lori éclata de rire.

– Non, serial killer ! Ça veut dire tueur en série… Elle s'interrompit, tentant de trouver le nom d'un serial killer que Kyle pourrait connaître. Bon, peu importe…

– Je vais voir si je peux m'en occuper, reprit Stephen en s'adressant à Josh. Si je ne peux pas aujourd'hui, je le ferai demain, d'accord ?

Josh se servit une portion de spaghettis sans répondre. Que son père répare son ordinateur le lendemain ne l'avancerait pas à grand-chose.

– Merci pour ton aide ! murmura-t-il dans sa barbe.

– Au fait, dit Stephen en dépliant sa serviette – il n'avait, semble-t-il, pas entendu le commentaire de Josh – avez-vous des choses intéressantes à raconter aujourd'hui ?

Josh piqua une feuille de salade avec sa fourchette. *Nous y voilà*, pensa-t-il.

– Kyle s'est conduit en héros aujourd'hui, claironna Lori. Il a empêché une bagarre ce matin…

– Tu es intervenu ? demanda Stephen en se tournant vers Kyle, l'air inquiet. Tu n'es pas blessé ?

– Non, je n'ai rien, répondit Kyle.

– Kyle, tu pourrais nous en dire un peu plus ? demanda Nicole, soucieuse.

– Il y avait un gars, Jake, qui était en train de tabasser un élève de seconde, répondit Lori. Kyle l'a remis à sa place. C'était très impressionnant. Elle eut un hochement de tête approbateur.

– Ce n'était pas si impressionnant que ça… murmura Josh.

– J'espère que tu as fait attention, dit Stephen en pointant Kyle du doigt. Interrompre une baston peut être dangereux.

– J'ai été prudent, le rassura Kyle.

– Le gars a eu peur, fanfaronna Lori. Je ne pense pas qu'il s'en prendra à quelqu'un d'autre avant longtemps.

Nicole tordit nerveusement ses mains.

– Bon, dit Josh à voix haute, et si on changeait de sujet ?

– Ah, oui, j'oubliais ! Kyle a été nommé pour être candidat au poste de président-délégué du lycée ! dit Lori d'une voix joyeuse.

Josh grogna. Ce n'était pas à cela qu'il pensait lorsqu'il avait proposé de changer de sujet…

Stephen déglutit.

– Pourquoi tu n'as rien dit ?

– C'est incroyable ! s'exclama Nicole.

Kyle déchira nerveusement le coin de sa serviette en papier.

– En fait, je ne suis pas sûr que je vais accepter.

– Tu es fou ? dit Lori en laissant tomber sa fourchette dans son assiette. Il faut que tu acceptes !

Elle se tourna vers ses parents.

– C'est exceptionnel d'être nommé comme candidat quand on est première. Normalement, il faut être en terminale. Et il paraît que Kyle va remporter les élections…

– Nous sommes vraiment fiers de toi, Kyle ! s'exclama Nicole.

– Des gens disent que je vais gagner ? demanda Kyle, perplexe.

Lori hocha la tête.

– Après être intervenu dans cette bagarre ce matin, tu es devenu un vrai héros !

– Je ne sais pas, dit Kyle. Les autres concurrents sont à Beachwood depuis trois ans déjà. Tout le monde les connaît. Je ne crois pas que je vais gagner juste parce que j'ai interrompu une bagarre…

– Ce n'est pas une manière de penser, le sermonna Stephen.

– Tu peux gagner, Kyle, renchérit Lori. Il suffit de te faire connaître ! Je peux t'aider. Nous fabriquerons des affiches et des badges, nous t'interviewerons et nous mettrons ton interview en ligne sur YouTube… On pourrait aussi créer un blog.

– De quoi est-ce que je pourrais bien parler sur mon blog ? demanda Kyle, nerveux.

– Eh bien, réfléchis ! dit Lori. Je pourrais le rédiger pour toi. En plus, ajouta-t-elle en souriant, je suis sûre que les filles voteront pour toi. Brett est gentil, mais il a un petit côté sainte-nitouche.

– Et Kyle, alors ? dit Josh avec un petit sourire.

– Quant à Kate… eh bien, c'est encore pire ! poursuivit Lori en ignorant son frère. C'est du tout cuit, Kyle !

Josh poussa un gémissement. Kyle le dévisagea avec curiosité… Il avait remarqué que Josh n'avait presque pas dit un mot depuis le début du dîner.

– Ça ne va pas ? demanda-t-il.

– Si, très bien, dit Josh entre ses dents en hochant la tête.

– Enfin bref, reprit Lori en posant les paumes de ses mains à plat sur la table. Je serai ta directrice de campagne. Nous allons battre tout le monde à plates coutures !

– À plates coutures ? répéta Kyle, imaginant une lutte sans merci au lycée.

– Lori, je te félicite de vouloir t'impliquer autant, remarqua Stephen.

– C'est juste pour se sortir de la tête un certain garçon dont le prénom commence par un D et finit par eclan, grommela Josh.

– Ferme-la ! dit Lori avec brusquerie.

La remarque de Josh tombait plutôt juste : elle avait peut-être envie de s'investir dans la campagne de Kyle pour éviter de penser à Declan. Mais qui pourrait l'en blâmer ? Il valait mieux cesser de songer à lui en permanence !

– Je pense simplement que ce serait bien, pour une fois, de ne pas avoir un ringard comme président. La plupart du temps, les élus sont de tels… crétins. Ils n'ont aucune personnalité, et aucun d'eux n'arrive jamais à rien. À mon avis, Kyle serait beaucoup plus actif.

– Je ne sais pas, répondit de nouveau Kyle.

Il pensait à la mise en garde de Foss. Que se passerait-il s'il y avait encore des personnes, des ennemis, à l'extérieur, qui le recherchaient ? De plus, il lui avait fait une promesse en disant qu'il ne se présenterait pas.

– J'ai beaucoup de devoirs et…

– Ne dis pas n'importe quoi, lança Lori en levant les yeux au ciel. Il te faut une milliseconde pour les faire.

– Cela ne te prendra peut-être pas autant de temps que tu l'imagines, renchérit Nicole. Et ce sera un atout dans ton dossier, lorsque tu voudras t'inscrire dans une université.

– Être président-délégué est un bon moyen de s'investir et de changer les choses, ajouta Stephen. Au lycée, j'ai été délégué, et nous avons réalisé beaucoup de projets. Nous avons organisé un nouveau bal en automne, un carnaval au printemps, une exposition de peinture, et, avec l'argent que cela nous a rapporté, nous avons financé un voyage pour les terminales.

– Pourquoi ne pas mettre sur pied un séjour à Las Vegas pour les secondes ? demanda Josh.

– Josh ! lança Lori d'un ton réprobateur.

Dehors, un rai de lumière attira le regard de Kyle. Amanda venait d'allumer la cuisine et regardait dans son réfrigérateur.

Il se rappela ce qu'elle lui avait dit le matin même. Elle avait envie de jouer du piano sur scène, mais le lycée de Beachwood n'organisait ni récital ni concert. S'il était président-délégué, il pourrait peut-être monter un festival de musique. Il y aurait toutes sortes de musiciens. Des groupes de rock mais aussi des quartets de jazz, et des solistes pourraient auditionner afin de jouer ensuite en public.

Kyle regarda Stephen.

– Tu avais vraiment organisé tout ça ?

– Oui, avec d'autres élèves, répondit Stephen.

Kyle trouvait qu'il y avait beaucoup de trucs à changer au lycée : par exemple, les menus de la cafétéria et les cours de gym, que personne n'aimait, parce qu'on n'y faisait jamais rien d'amusant. Il regrettait aussi que le parc McKenzie, situé à quelques centaines de mètres du lycée, soit si mal fréquenté et si dangereux que plus personne n'osait le traverser. Cette brute de Jake y avait poursuivi le pauvre garçon de seconde et l'avait sans doute terrorisé. Si Kyle était président, il demanderait à des volontaires de nettoyer cet espace vert, afin que tous les élèves et les habitants du quartier puissent s'y promener.

Et il y avait encore tant à faire…

Le matériel du laboratoire était obsolète et en mauvais état, les casiers étaient souvent bloqués, et il serait utile d'aménager un terrain de basket près du patio de la cafétéria, afin que les élèves puissent s'y défouler pendant l'heure du déjeuner. En réalité, il se demandait si le fait d'avoir plus de loisirs durant la journée de cours – c'est-à-dire plus d'activités sportives, plus de temps libre, plus de temps entre les cours ou une pause déjeuner plus longue – ne permettrait pas de réduire les tensions qui régnaient à l'école. Des tensions qu'il avait remarquées depuis son arrivée au lycée… Adam lui avait appris que l'effort intellectuel devait également s'accompagner de moments de repos et de détente. Kyle se souvint de ce qu'Hillary lui avait dit à propos de la récréation à l'école primaire – une pause pendant laquelle les élèves pouvaient courir, se dépenser et s'amuser. Jonglant entre les cours compliqués et leurs obligations diverses, les élèves de Beachwood avaient sans doute besoin, eux aussi, de répit...

Kyle se demandait s'il ne pourrait pas se présenter aux élections sans rien dire à Foss. Quelle était la probabilité, en réalité, pour que des ennemis invisibles aient proposé sa candidature ? D'ailleurs, ces ennemis étaient sans doute imaginaires.

Si Foss n'était pas au courant, en quoi cela le gênerait-il ?

Kyle posa sa fourchette. Il se sentait revivre. Il se tourna vers Lori :

– D'accord, on tente le coup! On commence quand ?

Lori sourit.

– J'ai du matériel de dessin dans ma chambre, dit-elle. On peut commencer tout de suite.

– Tâchez de faire vite, dit Stephen en regardant sa montre. Kyle et moi, nous devons aller courir. Et après, nous regarderons le match...

– D'accord, répondit Kyle en souriant.

Lori et lui se levèrent de table. La jeune fille se précipita dans les escaliers. Kyle jeta un coup d'œil autour de lui pour voir où il avait posé son sac à dos. Il voulait noter les idées qu'il avait eues pour sa campagne avant de les oublier.

Or son sac ne se trouvait pas là où il l'avait laissé avant de rejoindre Foss. Il se mit à le chercher, le cœur battant. Il y conservait des documents d'Adam sur le déplacement des objets grâce à la force mentale. Leur disparition serait synonyme d'un grave danger.

Il sortit dans le couloir et inspecta sa chambre du regard. Rien. Il se rendit dans la véranda qui donnait sur le jardin de derrière. Il était passé par là pour gagner du temps lorsqu'il était allé voir Foss. Soudain, il vit son sac. Celui-ci se trouvait à côté de la porte. Kyle avait dû le mettre là par inadvertance. Il avait sans doute été si distrait par les élections qu'il avait dû oublier de le ranger dans sa chambre.

Le sac à dos contenait tous ses livres et tous ses documents. Il se sentit rassuré, mais se maudit d'avoir été aussi négligent. Une nouvelle erreur comme celle-ci, et ses secrets pourraient tomber entre des mains malveillantes... Désormais, il devrait être beaucoup plus prudent.

7. Juste pour rire

Le mercredi après-midi, Josh qui travaillait au Rack, découpait une énième banane lorsqu'on lui tapa sur l'épaule. Il se retourna : Deichman, son chef – qui était aussi le fléau de son existence et le type le plus bête du lycée – le dévisageait.

– Alors, comme ça, Kyle veut devenir président-délégué ?

– Tu as entendu l'annonce comme tout le monde… Je n'en sais pas plus.

– Je trouve que c'est formidable, dit Deichman en redressant la visière de Josh, ce qui fit rebiquer ses cheveux bruns.

Josh aurait volontiers enlevé cette visière. En fait, il avait déjà essayé de le faire deux fois la semaine dernière, en disant à Deichman qu'il se sentirait mieux sans ce truc débile sur la tête. Mais celui-ci s'était empressé de lui remettre son couvre-chef en lui expliquant qu'il faisait partie de l'uniforme que devait porter le personnel du café, et qu'il était essentiel que tous les employés aient la même tenue.

– Je pense que Kyle pourrait faire de bonnes choses pour le lycée, continua-t-il. D'ailleurs, j'aide ta sœur à distribuer des badges incitant à voter pour Kyle aujourd'hui. J'essaie d'en donner à tous les clients. Tu veux m'aider ?

– Je suis déjà assez occupé comme ça, marmonna Josh, en désignant le mixeur à moitié rempli de purée de bananes. D'ailleurs, est-ce que ce n'est pas illégal ? Je pensais que le Rack ne devait pas prendre parti.

Il essayait de ne pas être jaloux, surtout que Kyle s'était montré très gentil à son égard récemment. La nuit dernière, après avoir imprimé avec Lori un tas d'affiches sur lesquelles il était écrit : "Votez pour Kyle !" et établi son programme électoral composé essentiellement d'actions charitables, ce qui était tout à fait dans son genre, il était entré dans sa chambre pour lui demander s'il voulait venir courir avec Stephen et lui.

– Une fois le pâté de maisons dépassé, je suis crevé, tu le sais bien, avait-il répliqué en le dévisageant, appuyé sur les coudes.

– J'irai plus lentement, dit Kyle.

Visiblement, il sentait qu'il y avait un problème. Au départ, cela avait hérissé Josh, qui ne voulait pas de sa sympathie. Mais il reconnaissait que ce n'était pas la faute de Kyle... Celui-ci était formidable et avait des dons exceptionnels. Il méritait probablement de devenir non seulement président des délégués de Beachwood, mais aussi président des États-Unis. Ce qui énervait Josh, c'était la façon stupide dont tout le monde réagissait. Ainsi, hier soir, après le dîner, ses parents les avaient emmenés manger une glace dehors pour fêter la candidature de Kyle. Quand est-ce qu'ils étaient sortis tous ensemble pour déguster une glace en l'honneur de Josh ? Jamais, sans doute.

Et ce matin, lorsqu'il avait franchi la porte du lycée avec Kyle, ils avaient dû s'arrêter toutes les deux secondes, car tout le monde voulait souhaiter bonne chance à ce dernier. Josh avait alors eu envie de hurler : "Depuis quand c'est génial d'être candidat au poste de président-délégué ? Avant, c'était réservé aux abrutis."

– Ohé, le préposé aux smoothies !

Josh se retourna et vit Andy, les coudes appuyés sur le comptoir, essayant de jouer avec les boutons de la caisse enregistreuse. Aujourd'hui, elle portait un T-shirt orange fluo, des bracelets tressés en laine et une casquette dont la visière était ornée d'un logo.

– Est-ce que tu peux me préparer mon smoothie habituel ?

– Et qu'est-ce que ce sera ? lui demanda Josh, l'air absent.

Andy lui jeta un regard noir. Josh pouvait lire dans ses pensées. Elle semblait dire : *Je ne peux pas croire que tu aies oublié. Ça fait combien de fois que je viens et que je commande la même chose ?*

– Banane, goyave… commença-t-elle à dire.

– … et germes de blé, je sais, dit Josh, en secouant la tête. Je n'ai pas oublié. Tu viens tous les jours.

Il se dirigea vers le mixeur, sentant qu'Andy le suivait du regard. Alors qu'il pelait une banane, Jennifer, une autre employée, s'approcha de lui.

– J'ai appris que ton frère allait devenir notre nouveau président.

Était-ce à cause de la peau de la banane qui était trop tachetée ou du parfum à la réglisse d'Andy, auquel il était allergique ? Il perdit patience.

– Ça suffit ! dit-il, en jetant par terre la peau de banane comme s'il espérait que quelqu'un allait glisser dessus. J'en ai assez qu'on me parle sans arrêt de Kyle ! Oui, il est candidat aux élections ! Oui, il est génial ! Oui, il va probablement être élu ! On ne peut pas parler d'autre chose à présent ?

– O.K., murmura Jennifer, les yeux écarquillés et les lèvres tremblantes, avant de s'esquiver.

Josh s'appuya contre le comptoir en inox, avec l'impression d'être parfaitement idiot.

Derrière lui, Andy se mit à applaudir.

– Belle performance ! Bravo ! Mes félicitations ! s'écria-t-elle.

Josh se retourna brusquement et la fixa sans dire un mot. Il lui prépara en silence son smoothie et le posa bruyamment devant elle.

– Pauvre petit ! dit Andy. Personne ne s'intéresse à toi.

Peu importe, pensa Josh. Il décida d'ignorer Andy jusqu'à ce qu'elle s'en aille. Il espérait qu'elle ne jouerait pas à *G-Force* en ligne le soir venu.

Pendant sa pause, il dénoua son tablier et rejoignit ses amis Robbie et Doug à l'une des tables du café. Ils étaient en pleine conversation.

– Il n'y a aucune chance pour qu'ils réussissent à le faire, disait Robbie. Hooper en parle tout le temps, comme s'il s'agissait de ses enfants.

– Pourtant, Trevor et Mike semblent persuadés qu'ils peuvent y arriver, dit Doug.

– De quoi parlez-vous ? demanda Josh, en sirotant le milkshake au café qu'il s'était préparé.

– De l'âne et de l'éléphant, répliqua Doug. Hooper va les exposer dans une vitrine, à l'entrée du lycée. Trevor Smith et Mike Calloway ont envie de les voler et de les suspendre à un panier de basket.

– De toute façon, ils n'y arriveront pas, dit Robbie. Vous savez très bien qu'Hooper est complètement fou de ses mascottes. Il les a assurées. Celui qui les vole sera collé jusqu'à la fin de l'année. Il risque même d'être jeté en prison...

Josh croisa les mains. Chaque année, à l'approche des élections, une exposition consacrée aux principes de la démocratie était organisée dans le hall d'entrée de l'école. À cette occasion, des portraits de George Washington, un drapeau américain en lambeaux et une boucle de ceinture datant de la guerre d'Indépendance que quelqu'un avait offerte au lycée étaient placés dans la vitrine. Hooper, le directeur, disait toujours qu'un jour ou l'autre, il exposerait également son éléphant et son âne, qui avaient appartenu à un secrétaire d'État. Mais il craignait que ses trophées n'attisent la convoitise des élèves.

La réputation des élèves du lycée de Beachwood, qui aimaient beaucoup faire des plaisanteries, et dont la principale cible était Hooper lui-même, avait dépassé les enceintes de l'établissement. L'an dernier, Jeremy Fischer s'était mystérieusement retrouvé en possession d'une lettre d'amour que le directeur avait écrite à un professeur d'espagnol, Mme McCready. Il l'avait alors publiée sur le site Internet de l'école. Quelques années avant ce scandale, Steve Reider avait graissé les marches menant sur la scène de l'auditorium. Lorsque Hooper les avait gravies pour s'adresser à l'assemblée, il s'était pris une sacrée gamelle ! Les auteurs de ces farces étaient assurés de rester populaires jusqu'à la fin de leur scolarité. Les filles leur tombaient littéralement dans les bras. Ils n'avaient pas besoin de se donner beaucoup de mal pour se dégoter une petite amie. Ils acquéraient vite le statut de légendes, devenant même plus célèbres que les capitaines de l'équipe de football – ou que les présidents-délégués.

– Ce n'est pas Trevor et Mike qui vont voler ces animaux. C'est moi, et moi seul, annonça Josh.

Ses amis le fixèrent, puis éclatèrent de rire en même temps.

– Ben voyons ! s'exclama Doug. Tu n'y arriveras jamais !

– Si ! s'écria Josh en se renversant en arrière dans son fauteuil. Je sais quelque chose que Mike et Trevor ignorent : comment ouvrir la vitrine sans me faire pincer.

Ses amis le regardèrent avec curiosité, essayant de voir s'il disait la vérité.

– Hooper saura que c'est toi, remarqua Robbie très terre à terre. Voilà le hic !

– Et moi, je suis sûr que non, dit Josh avec assurance en se caressant le menton. Vous ne voulez pas être mes complices ? Pensez un peu à la façon dont on nous respectera. Imaginez la réaction des filles après ça.

Ses amis échangèrent un regard.

– Non, dit Doug. C'est trop risqué.

Josh fronça les sourcils.

– Personne n'a le courage de m'aider ? Très bien, je me débrouillerai tout seul, dit-il face aux regards déconcertés de ses amis.

Il se cala dans son fauteuil et se mit à remuer son milk-shake. S'il réussissait, toutes les filles n'auraient d'yeux que pour lui. Même son père murmurerait : "Comment tu as fait ça, Josh ? Tu aurais pu nous aider à dérober l'élan de St-Andrews quand j'étais au lycée !" Celui-ci lui avait souvent raconté que des élèves de son lycée avaient tenté à plusieurs reprises de s'emparer de l'énorme tête d'élan empaillée de l'établissement rival, St-Andrews. Malheureusement, personne n'y était jamais parvenu.

Josh ouvrit les yeux, réalisant qu'il venait de rêver tout éveillé, et que ses amis le fixaient toujours.

– En tout cas, dit-il en sirotant son milk-shake, si vous êtes trop dégonflés pour me prêter main-forte, vous garderez le secret. Compris ? Vous ne m'avez rien entendu dire à ce sujet. D'accord ?

– Pigé, dit Doug.

– Je te promets que je serai muet comme une carpe, acquiesça Robbie. Tope là !

Ils se tapèrent dans la main.

– Il ne faut rien dire à quel sujet ? demanda Andy, en jetant son gobelet vide dans la poubelle.

Elle avait avalé son verre en un temps record, sans même utiliser la paille. Josh se demanda pourquoi elle ne pouvait pas être comme les autres filles, qui buvaient lentement et délicatement leurs smoothies, effrayées à l'idée d'absorber des calories.

– Cela ne te regarde pas, dit Josh.

Andy lui adressa un regard de connivence, comme si elle savait parfaitement ce qu'il projetait et pourquoi. Josh se détourna. Il lui montrerait. Il montrerait à tout le monde ce dont il était capable. Il jouerait à Hooper un tour dont on se souviendrait. On parlerait de lui pendant des années. Il deviendrait célèbre.

À présent, il ne lui restait plus qu'à bien préparer son coup.

8. Une directrice de campagne efficace

Cet après-midi-là, Kyle et Lori se tenaient devant la façade en brique du Rack, tentant d'ignorer un groupe de jeunes gens qui jouaient bruyamment au footbag sur le parking.

– Est-ce que tu pourrais t'appuyer un peu contre le mur ? demanda Lori, en braquant son appareil photo vers Kyle.

Elle s'apprêtait à photographier Kyle pour les élections du lycée.

Le mur parut râpeux et froid au garçon. Il fit un grand sourire, en espérant que cela inciterait les gens à voter pour lui.

Lori leva les yeux au ciel et abaissa son objectif.

– Kyle, ton sourire n'a pas l'air très naturel…

Le garçon changea de visage.

– Qu'est-ce que je dois faire, alors ?

– Regarde l'appareil par en dessous, comme ça, dit Lori en baissant le menton et en lui jetant un regard charmeur. Prends un air mystérieux. Sexy.

– Sexy ? répéta Kyle, interloqué.

– Oui, affirma Lori, aussi sûre d'elle que si elle avait fait cela toute sa vie. Les photos des autres concurrents seront accrochées en hauteur dans le hall d'entrée, et tout le monde risque de passer devant sans les remarquer. Il faut donner envie aux gens de s'arrêter, quand ils verront la tienne. Il faut que ceux qui ne te connaissent pas se disent : "Tiens, qui c'est ce garçon ?" Il faut que les filles te trouvent adorable, et les garçons sympathique…

Kyle appuya ses épaules contre les briques rugueuses. Il n'était pas certain de vouloir que toutes les filles aient envie de l'embrasser. En réalité, il aurait préféré que sa photo ressemble à celle des autres candidats. Si ces derniers ne se distinguaient pas, il ne souhaitait pas, lui non plus, se distinguer... Il pensa à ce que lui avait dit Foss: *"Ce n'est pas la peine de te faire remarquer."*

– Si la photo est bonne, nous l'utiliserons pour tes affiches, ajouta Lori. Bon, maintenant, appuie-toi de nouveau contre le mur et prends l'air de quelqu'un qui ne va faire qu'une bouchée de ses adversaires.

– Que veux-tu dire ? demanda Kyle.

Il imagina Brett et Kate, les deux autres candidats, en train de nager dans son bol de céréales.

Lori poussa un long soupir.

– Ce n'est qu'une expression, Kyle. Ne faire qu'une bouchée de ses adversaires signifie que tu vas les battre à plate couture. Il faut qu'on t'achète un dictionnaire d'expressions idiomatiques...

Kyle se tut et essaya d'adopter une expression qui convienne à Lori, mais il fut interrompu par la sonnerie de son téléphone portable, qu'il avait rangé dans sa poche. Il s'en empara et vit qu'il avait reçu un message de Foss. "Viens me voir tout de suite, avait écrit celui-ci, il faut qu'on parle." Et le message était signé T.

Kyle se renfrogna. S'il allait voir Foss, il était convaincu que celui-ci verrait tout de suite qu'il lui cachait quelque chose. Il se sentait coupable de lui désobéir délibérément... Mais plus il y pensait, plus il était persuadé que Foss exagérait.

Tom surprotégeait Kyle. Ce dernier devait lui signaler les endroits où il se rendait afin qu'il puisse repérer les lieux et vérifier qu'il ne courait aucun risque. Il devait aussi faire le point avec lui chaque soir sur Skype, un logiciel permettant de communiquer par visioconférence. Tom lui avait également recommandé de ne pas nouer de liens trop étroits avec quiconque – en particulier avec des filles. S'il n'en avait tenu qu'à lui, Kyle aurait passé le reste de sa vie enfermé dans une pièce, à étudier tout ce que Baylin voulait qu'il sache.

Kyle serra les mâchoires tant il était énervé. Lori regarda par le minuscule objectif de son appareil.

– Tu as l'expression idéale ! s'exclama-t-elle, en appuyant sur le bouton pour la saisir.

– Vraiment ? demanda Kyle, étonné.

Il remit son téléphone dans sa poche en poussant un soupir. Il ne pouvait pas être à la disposition de Foss chaque fois que celui-ci le voulait. De toute façon, il avait des choses à faire.

– Je dois y aller, dit-il à Lori. La réunion concernant les élections va bientôt commencer…

– Bonne chance, dit Lori en faisant défiler les photos de son appareil numérique.

Elle regarda Kyle s'élancer sur le trottoir, en direction du lycée. Elle aurait aimé que la campagne dure plus d'une semaine, car cela la distrayait du désastre qu'était devenue sa vie.

Elle soupira et se dirigea à pas lents vers l'entrée du Rack. À l'intérieur régnait un énorme brouhaha. L'air diffusé par les haut-parleurs était un morceau de rock indépendant. Dans un coin, des filles de seconde éclatèrent de rire en écoutant l'histoire drôle racontée par l'une d'elles. Son frère, Josh, était accoudé au comptoir, l'air malheureux. Lori s'assit sur une chaise vide, se sentant un peu bête d'être toute seule. Elle entrevit Declan du coin de l'œil. Il était installé à l'une des tables situées près du présentoir à magazines. Il avait l'œil rivé sur l'écran miniature de sa console PlayStation portable.

Le garçon croisa le regard de Lori et le soutint un instant. La jeune fille eut soudain l'estomac noué. Puis Declan détourna les yeux, et Lori fit de même. Quelques secondes plus tard, elle l'entendit éclater de rire. Elle en fut toute retournée. Declan n'avait pas l'air de beaucoup souffrir de leur rupture... Quant aux problèmes qu'il était censé avoir, ça ne semblait pas l'affecter en ce moment... Elle jeta à nouveau un coup d'œil dans sa direction. Il fixait l'entrée du Rack avec un petit sourire intrigué. Lori suivit son regard et se sentit décontenancée.

La fêlée se tenait dans l'entrée. Ses cheveux tombaient en cascade sur ses épaules. Elle donnait l'impression de ne pas s'être coiffée depuis plusieurs jours. Elle semblait perdue, comme si elle n'avait jamais pénétré dans un lieu semblable auparavant. Sa sœur – Lori supposait que la jeune femme qui l'accompagnait était sa sœur – la tenait par le bras comme si elle était handicapée. Elle l'était peut-être, d'ailleurs.

Horrifiée, Lori vit Declan détailler la silhouette de la jeune fille de haut en bas, en s'attardant sur sa poitrine. Il arborait un petit sourire satisfait.

Elle se sentit défaillir. Qu'est-ce que Declan pouvait bien lui trouver ? Certes, elle était grande et avait la taille d'un mannequin. Elle avait aussi des courbes qui ne devaient pas manquer de plaire aux garçons vulgaires. Mais, la plupart du temps, elle avait l'air d'ignorer complètement Declan. C'était peut-être justement ce qui attirait le jeune homme, le fait qu'elle semblait inaccessible...

Lori fit des gribouillis sur un carton encore vierge qui devait devenir l'une des affiches de campagne de Kyle. Elle entendit la sœur de la fêlée lui dire "Viens, Jessi" en l'attirant loin de Declan. Celle-ci la suivit docilement. Declan continua à l'observer.

– Beurk ! laissa échapper Lori.

– Hé, Lori ! s'exclama Hillary en posant son sac en cuir bleu sur sa table, un grand café crème à la main. Qu'est-ce qu'il y a ?

– Dieu merci, tu es là ! s'exclama Lori en se jetant dans les bras de son amie. Je suis désespérée. Declan est là-bas et il est en train de déshabiller la fêlée du regard devant tout le monde. Est-ce qu'il n'y a pas de quoi mourir sur le champ ?

Hillary regarda Jessi, qui était accrochée aux basques de sa sœur.

– C'est vrai qu'elle est toujours dans les parages... Je me demande pourquoi. Elle va peut-être s'inscrire à Beachwood, dit-elle en sirotant son café. Dis-moi, tu n'aurais pas vu Charlie ?

Lori se sentit irritée par la question d'Hillary. Elle choisit de ne pas y répondre.

– Elle semble avoir des problèmes psychologiques. Ça m'étonnerait qu'elle puisse aller à Beachwood, avec des gens normaux, bien adaptés.

– Tiens, il est là ! dit Hillary en empoignant le bras de sa copine.

Elle fixait un coin de la salle. Charlie était assis là, dans un box, en train de flirter avec une serveuse.

– Tu as parlé à Amanda, au fait ?

– Hillary, s'exclama Lori, qui ne pouvait plus contenir son indignation. Ça ne te gêne pas que Declan soit attiré par une fille qui a l'air d'une handicapée mentale ?

– Mais... je pensais qu'il ne comptait plus pour toi, dit Hillary.

Lori se mit à tripoter le bouchon de son marqueur.

– C'est vrai, mais...

– Bon, ça n'a donc aucune importance ! déclara vivement Hillary.

Elle se leva.

– Écoute, je vais aller parler moi-même à Charlie. Mais si tu vois Amanda, est-ce que tu pourrais lui soutirer quelques informations ?

– Hillary, je ne crois pas… protesta Lori.

– Tu es la meilleure, l'interrompit son amie en lui envoyant un baiser dans les airs.

Elle se leva, lissa sa tunique et pulvérisa un jet de rafraîchisseur d'haleine dans sa bouche.

– Souhaite-moi bonne chance.

Elle se dirigea vers Charlie en se déhanchant entre les tables du Rack, d'une démarche élégante malgré ses talons de huit centimètres.

Lori s'adossa à sa chaise, légèrement stupéfaite. Elle avait l'impression qu'Hillary ne l'avait même pas écoutée. Était-elle devenue invisible ? Elle éprouva le besoin de regarder ses mains pour s'en assurer. Elle tapota des doigts sur la table pour voir s'ils faisaient du bruit. C'était bien le cas. Et elle fit tomber son cappuccino glacé par terre. Les glaçons s'éparpillèrent partout, et des personnes se retournèrent pour la regarder. Elle n'était donc pas invisible aux yeux de tout le monde…

Pendant ce temps, Jessi faisait la queue avec Emily. Elles se rendaient au centre commercial pour acheter quelques vêtements pour Jessi, lorsque, brusquement, Emily avait dévié de sa route et s'était dirigée vers le Rack en disant qu'elle avait envie d'un café. Jessi l'avait regardée bizarrement, sentant que sa sœur ne lui disait pas tout, mais l'avait néanmoins suivie à l'intérieur.

Un grand maigre aux cheveux bruns s'était approché d'elle.

– Tu vas au lycée de Beachwood ? lui avait-il demandé.

Jessi avait fait un pas en arrière. Le garçon avait une visière verte ridicule vissée sur la tête et arborait un badge sur lequel figuraient les initiales L. K.

– Euh, non, avait-elle marmonné. Mais je vais y aller bientôt...

Il lui avait mis un objet dans la main. Elle avait eu un léger mouvement de recul – elle n'était pas habituée à ce que quelqu'un la touche.

– Tiens, avait dit le garçon. Il va y avoir des élections dans deux jours au lycée. Si tu t'inscris à Beachwood, vote pour Kyle Trager. Il se présente au poste de président-délégué.

Ce nom éveilla quelque chose en elle. Kyle... Trager.

– Il a quelque chose à voir avec Nicole Trager ? avait-elle demandé, se souvenant que sa sœur et elle avaient rendu visite à la psychologue la veille.

Emily n'avait pas hésité à entrer dans la maison de celle-ci, mais Jessi n'avait pas eu envie de savoir pourquoi. De toute façon, elle n'aurait pas répondu à ses questions.

– Jessi, viens, dit vivement Emily en la prenant par le bras afin qu'elles avancent dans la file. Laisse les gens tranquilles.

– Je n'ai rien fait, protesta Jessi, en voyant le garçon se diriger vers d'autres personnes. C'est lui qui est venu vers moi !

– Qu'est-ce qu'il t'a donné ? demanda sèchement Emily.

Jessi regarda l'objet que le garçon lui avait mis dans la main. Il était sphérique et lisse. Dessus figurait l'inscription "Vendredi, votez pour kyle !".

– Kyle... répéta Emily à voix basse.

– Qui est Kyle ? demanda Jessi.

Sa sœur resta silencieuse. Jessi retourna le badge et appuya son doigt sur l'épingle. L'aiguille lui piqua la peau, déclenchant une vague de douleur dans tout son corps. Elle sursauta et faillit lâcher l'objet. Emily le lui prit des mains.

– Je pense qu'il vaut mieux que je le garde.

Tandis qu'elles progressaient dans la queue, Emily examina le badge tout en levant les yeux de temps en temps pour jeter un coup d'œil dans la salle. Elle se dressa sur la pointe des pieds et tourna la tête vers les sièges du fond, puis vers le comptoir et, enfin, vers les toilettes.

– Tu cherches quelqu'un ? demanda Jessi.

– Non ! s'exclama sa sœur, embarrassée. Je suis en train d'admirer la décoration… C'est un endroit que l'on a envie de fréquenter, non ? Je suis tellement contente de t'inscrire au lycée vendredi ! Tu viendras peut-être ici, une fois que tu auras commencé les cours…

– Peut-être, marmonna Jessi.

Elle se demandait si Emily viendrait dans ce cas. Elle irait peut-être même avec Jessi au lycée. Jusqu'à présent, elle l'avait accompagnée partout. Jessi se demandait pourquoi. Est-ce que cela avait quelque chose à voir avec sa maladie ? Ou bien était-elle très protectrice ? Peut-être voulait-elle éviter qu'elle n'ait des problèmes ? Jessi était sûre que si elle lui posait n'importe laquelle de ces questions, sa sœur éviterait de lui répondre franchement.

Emily montra du doigt le grand tableau accroché au-dessus du comptoir, sur lequel figurait le menu.

– Qu'est-ce que tu dirais d'un smoothie ? proposa-t-elle. Je crois me rappeler que tu aimes les fraises.

Jessi hocha la tête.

– J'aime les fraises, répéta-t-elle mécaniquement.

Seulement, à cet instant, elle ne parvint pas à se rappeler le goût qu'elles avaient. Le fait qu'elle les aimait semblait être une donnée qu'elle avait simplement mémorisée. Elle regarda sa sœur.

– Et toi, tu les aimes ?

Sa sœur haussa les épaules.

– Pas vraiment.

– Tu aimes quels fruits ? insista Jessi, en se mordant les lèvres.

– Je ne sais pas, répondit froidement Emily. Les myrtilles.

– Et les bananes ? proposa Jessi.

– En quoi cela a-t-il de l'importance ? demanda Emily en la foudroyant du regard.

Jessi détourna les yeux. Cela l'ennuyait de ne pas savoir ce qu'aimait sa sœur. En réalité, elle ne connaissait pas ses goûts… Elle ne savait pas quelle était sa saison favorite, quel genre de musique elle écoutait ou ce qu'elle faisait pour se distraire. Leur existence, pour autant que Jessi s'en souvienne, n'était qu'une suite de moments où elle devait accompagner Emily ici et là, où Emily parlait au téléphone, l'air tendu, et où elle l'enfermait dans l'appartement et s'absentait pendant des heures.

Jessi balaya de nouveau la salle du regard. Ses yeux s'arrêtèrent sur le sac à dos rouge d'une fille, qui était posé sur une chaise à côté. Sur la poche du sac, un badge portait l'inscription "Sœurs pour toujours".

– Regarde, dit Jessi à Emily en la tirant par la manche et en pointant le badge du doigt. "Sœurs pour toujours". On devrait en avoir un comme ça, n'est-ce pas ? Après tout, on est sœurs.

Emily la regarda d'un air perplexe. Elle semblait sur le point de rire – ou de pleurer. Finalement, elle sourit.

– Tu as raison. C'est adorable.

Jessi voulut ajouter quelque chose, mais elles étaient arrivées devant le comptoir. Un garçon aux cheveux coiffés en brosse du nom de Josh – d'après ce qui était écrit sur l'étiquette de son tablier – prit leurs commandes. Emily choisit un smoothie pour Jessi et un grand café pour elle. Le serveur leur remit un ticket portant le numéro de leur commande, et elles se dirigèrent vers le comptoir suivant pour être servies.

Soudain, Emily posa la main sur le bras de sa sœur.

– Je reviens dans une seconde, d'accord ? Je dois passer un coup de fil... Reste ici. Tu as compris ?

Jessi hocha la tête, l'air hébété. Elle regarda sa sœur se faufiler entre les tables jusqu'aux toilettes, situées dans un coin. Lentement, Emily sortit son téléphone portable et composa un numéro.

– Ballantine ? chuchota-t-elle.

Jessi serra les dents et plissa les yeux, en essayant de ne pas faire attention à tous les autres bruits du restaurant. Elle avait presque l'impression que son cerveau tremblait sous l'effort, mais elle ne pouvait s'empêcher d'écouter.

– Il n'est pas là, entendit-elle sa sœur dire. Non, je l'ai cherché partout. Je pense qu'il est parti.

"*Qui est parti ?*" se demanda Jessi. Emily l'avait-elle emmenée ici pour y trouver quelqu'un ?

Quelques ustensiles s'entrechoquèrent derrière elle, ce qui la fit sursauter et se retourner. Elle tenta d'entendre la conversation de sa sœur par-dessus les bruits ambiants. Seuls quelques mots lui parvinrent.

– Je suis inquiète.... soupçonne... Kyle, chuchota Emily.

Jessi redressa la tête. Kyle. Elle se demandait si elle avait bien entendu.

Elle pensa au badge que le garçon lui avait donné. Était-ce une coïncidence ? Sa sœur parlait peut-être d'un autre Kyle qui avait un lien avec son travail, ou qu'elle connaissait d'une manière ou d'une autre.

– Ce n'est pas nécessaire. Je vais faire mon travail, disait Emily, la voix tremblante.

Jessi se mit à mordiller son pouce avec nervosité. Que se passait-il ? Est-ce que tout cela avait un rapport avec la maison de cette psychologue où elles s'étaient rendues la veille ?

Si Emily et elle étaient plus proches, sa sœur se confierait peut-être davantage à elle. Mais Emily ne voulait peut-être pas l'ennuyer avec tout cela. Peut-être lui paraissait-elle trop fragile pour l'instant.

Jessi jeta de nouveau un coup d'œil au badge fixé sur le sac à dos de la fille "Sœurs pour toujours". Les sœurs prenaient fait et cause l'une pour l'autre. Elles étaient supposées s'entraider...

Le garçon qui était derrière le comptoir appela le numéro de commande de Jessi, et celle-ci prit son smoothie et le café d'Emily. Cette dernière était en train de revenir vers elle en rangeant son téléphone dans son sac.

– Merci de m'avoir attendue, dit-elle en prenant son café. Allons-y !

Lorsqu'elles sortirent du Rack, elle fit un grand sourire à Jessi, mais la jeune fille sentit qu'il n'était pas spontané ni sincère. Son expression montrait qu'elle était très inquiète – et peut-être même effrayée. Jessi lui donna une petite tape sur l'épaule. Même si Emily ne lui disait pas ce qui se passait, elle le découvrirait. Et elle aiderait sa sœur à résoudre ses problèmes. Les sœurs étaient là pour ça.

9. Kyle prend des risques

Kyle entra dans la cafétéria du lycée pour son premier meeting électoral. Aucun des autres candidats n'était encore arrivé. Il s'installa donc sur un banc, pianotant des doigts sur la table en Formica. Derrière lui, se trouvait un tableau d'affichage sur lequel étaient punaisées toutes sortes de papiers : l'annonce de la tournée dans la région d'un groupe de musique, des prospectus au sujet d'une exposition artistique qui aurait lieu prochainement, ainsi que le règlement de la cafétéria. Sur un tract, il était simplement écrit : "Vous avez perdu l'amour de votre vie ? Vous voulez le reconquérir ? Composez ce numéro. Kyle le contempla longtemps. Amanda redeviendrait-elle vraiment son amie s'il composait ce numéro de téléphone ?" Il se demanda ce que lui dirait Foss s'il lui racontait qu'il avait fait une telle chose. Il examinerait probablement le cerveau de Kyle pour vérifier que ce dernier comportait bien l'ADN d'Adam.

Ce dernier manquait à Kyle. S'il était là, il pourrait lui demander ce qu'il pensait de tout ça : de ces élections, des excuses qu'il voulait présenter à Amanda, de toutes ces choses qu'il s'abstenait d'avouer à sa famille... et de toutes les exigences de Foss avec lesquelles il devait jongler. Par exemple, que lui dirait Adam s'il lui annonçait qu'il avait fait exprès d'ignorer l'appel de Foss lorsque celui-ci avait voulu le voir sur-le-champ ? Lui dirait-il que ce qu'il faisait était mal... à moins que ?

Kyle avait assisté à l'assassinat d'Adam, commandité par Mada Corp. Il avait vu la lumière s'éteindre dans ses yeux. Parfois, lorsqu'il fermait les siens avant de s'endormir, il le voyait en train de mourir. Il lui arrivait même d'en rêver. Dans ses songes, il l'encourageait à tenir bon, mais celui-ci mourait quand même.

Pour passer le temps, il sortit le journal d'Adam. Il l'emportait partout avec lui, mais ne l'ouvrait pas souvent. Il y trouverait peut-être la solution à ses problèmes. Il l'ouvrit au hasard, au milieu, et se mit à lire : "Je sais que mes idées sont révolutionnaires, et que tout le monde pense que je prends des risques énormes. Mais je les ai évalués et je suis prêt à les prendre. Je crois en mon projet. J'espère que d'autres personnes me feront confiance."

Il ferma le journal, s'absorbant dans ses pensées. Le projet dont parlait Baylin était probablement celui de la création de Zzyzx – et de Kyle. Le garçon frissonna. Personne n'avait approuvé les idées de Baylin au départ. Si ce dernier n'avait pas eu autant confiance en lui, Zzyzx n'aurait jamais existé – et lui non plus.

– Kyle ?

Kyle leva les yeux et vit Kate Hampton et Brett Gregory, les deux autres candidats, s'asseoir sur le banc situé en face de lui.

– Salut.

– Tu lisais ? demanda Kate en indiquant le journal d'Adam.

– Oui, ce sont mes devoirs, dit Kyle en fermant vite le journal et en le rangeant dans son sac.

Brett et Kate le regardèrent tous les deux attentivement. Ils étaient en terminale, et Kyle ne les connaissait pas très bien. Kate était dans la classe de Lori en maths et elle était présente le jour où il avait résolu au tableau l'équation très difficile que M. Schultz leur avait soumise. C'était le premier jour de Kyle au lycée et, lorsqu'il avait vu le problème irrésolu, il avait pensé qu'il fallait absolument qu'il trouve la solution. Lori et beaucoup d'autres élèves avaient été tout simplement abasourdis, mais Kyle avait entendu Kate dire qu'il avait dû tricher, qu'il avait peut-être trouvé la réponse dans un livre, ou qu'il avait un ami étudiant qui l'avait résolu pour lui.

En revanche, Brett était le genre de garçon que tout le monde connaissait. Il était capitaine de l'équipe de base-ball. Tous les deux jours, il lisait les annonces matinales. Il participait aussi à un jeu télévisé et il travaillait même au magasin du lycée lorsqu'il fallait donner un coup de main. Brett avait aidé Kyle à s'orienter, alors que cela faisait trois jours que ce dernier se trouvait au lycée.

– Formidable. Vous êtes tous là, dit M. Davis, en se laissant tomber à côté de Kyle. Comment vous sentez-vous ? Vous êtes excités à l'idée de cette campagne électorale ?

– Oui, dit Kyle.

– Bien sûr, renchérirent Kate et Brett.

– Bien, dit M. Davis en leur souriant. Il faut que nous ayons demain matin une photo de chacun d'entre vous. Nous allons les mettre dans la vitrine qui se trouve dans l'entrée, avec les objets exposés.

Kyle jeta un coup d'œil aux autres. *Avaient-ils prévu de se faire prendre en photo ?* s'interrogeait-il. *Est-ce qu'on leur avait demandé de prendre une pose sexy ?* Il se dit que la sienne se trouverait placardée partout dans les bâtiments de l'école, bien en vue. Foss avait-il raison ? Quelqu'un, au lycée, pouvait-il représenter un danger pour lui ? Cette élection était-elle une opération de sabotage ?

– Monsieur Davis, dit Kyle, y a-t-il un moyen de savoir qui nous a choisis pour être candidats ?

Surpris, M. Davis fit non de la tête.

– Souvent, ceux qui ont proposé votre candidature vous le disent après coup. S'ils ne l'ont pas fait, je ne peux rien dévoiler. Les nominations sont anonymes. Quelqu'un inscrit votre nom sur un papier et met ce dernier dans la boîte en carton, qui est dans le bureau des lycéens. Ensuite, le corps enseignant choisit les candidats qui lui semblent les meilleurs. Ceux qui ont été retenus ne sont pas obligés d'accepter.

Kyle se mordit la lèvre inférieure. Cela valait le coup d'essayer.

– En fait, j'ai moi aussi une question à poser à ce sujet, dit Kate en jetant un regard plein de sous-entendus à Kyle. Je pensais que seuls les élèves de terminale pouvaient se présenter au poste de président-délégué, poursuivit-elle en touchant le bras de Brett. Tu n'as pas entendu ça, toi aussi ?

– Hein ? Je n'en sais rien, dit Brett en haussant les épaules.

M. Davis dévisagea les trois candidats. Il avait environ quarante-cinq ans, des cheveux clairs et portait des lunettes rondes.

– La candidature de Kyle a été proposée de la façon la plus honnête qui soit, dit-il lentement. Rien n'indique dans le règlement que seuls les élèves de terminale puissent prétendre à ce poste.

– Mais... est-ce que tu as une quelconque expérience de délégué, Kyle ? poursuivit Kate en portant à sa bouche l'extrémité de l'une de ses nattes blond vénitien – le bord de ses lunettes était incrusté de faux diamants violets, et elle arborait un T-shirt sur lequel s'étalait le portrait de Wonder Woman. Être président exige beaucoup de travail et du temps aussi, ajouta-t-elle.

– Je suis certain que Kyle en a pleinement conscience, répliqua M. Davis avec une pointe d'irritation dans la voix. Sinon, il n'aurait pas accepté d'être candidat.

Kyle se sentit mal à l'aise. Il se demanda quelle était la mission à remplir d'un président-délégué. Parviendrait-il à tout concilier : ses devoirs, sa vie de famille et ses séances d'entraînement avec Foss ?

– Voici, en tout cas, comment la campagne va se dérouler, dit M. Davis en tournant la première page de son classeur. Vous avez toute la semaine pour coller vos affiches, distribuer vos badges, etc. Vendredi, vous prononcerez votre discours électoral, puis les lycéens voteront.

– En quoi consiste ce discours ? questionna Kyle.

Kate renifla. "C'est bien ce que je vous disais !" pouvait-on lire dans son regard.

M. Davis eut l'air inquiet.

– Il s'agit de s'adresser à tous les élèves en leur exposant ce que tu feras pour le lycée si tu es élu, lui expliqua Brett.

– Parfait ! s'exclama Kyle rayonnant de joie – il s'était déjà demandé comment les candidats faisaient pour se différencier les uns des autres. Il avait espéré qu'ils ne se contentaient pas d'accrocher des affiches et de donner des badges pour se faire connaître. Donc, je pourrai à cette occasion annoncer, par exemple, que je veux nettoyer le parc McKenzie ?

– Le parc McKenzie ? s'écria Kate, en levant les yeux au ciel. Mais ce lieu est irrécupérable !

– Et est-ce que je pourrai proposer plus de temps libre pendant la journée ? poursuivit Kyle.

Kate, M. Davis et Brett se regardèrent.

– Je suppose, répondit M. Davis en se grattant la tête.

– C'est ce que tu comptes proposer ? demanda Brett. En général, les candidats promettent d'obtenir de meilleurs distributeurs ou des tenues de gym plus confortables. Je veux dire par là que proposer plus de temps libre, c'est...

– ... Bon pour l'école primaire, compléta Kate. Comme les récréations. Tu ne vas quand même pas proposer des sessions de balle au prisonnier pendant que tu y es !

Perplexe, Kyle les regarda. Il ne connaissait pas le jeu de la balle au prisonnier.

– J'envisage justement de proposer des récréations. Les élèves pourront jouer s'ils le souhaitent, ou faire autre chose.

– Les récréations ne feront que susciter des disputes supplémentaires, dit Kate en jetant un regard furieux à Kyle. Tu veux peut-être te faire mousser en mettant fin aux éventuelles bagarres entre élèves. C'est ça ?

– Kate, voyons ! dit Brett d'une voix hésitante en posant la main sur le bras de la jeune fille.

– Je pense, au contraire, poursuivit Kyle, qu'un petit break après le déjeuner réduirait le nombre de querelles et d'accrochages. J'ai le sentiment qu'une pause plus longue dans la journée permettrait à chacun de nous de mieux décompresser.

– La plupart des candidats proposent un voyage aux élèves pour qu'ils se détendent. Ou des cours de danse… dit M. Davis, en refermant son classeur. Mais c'est à toi de jouer, Kyle. Tu peux faire les promesses que tu veux, mais tu dois te rappeler qu'il va falloir te battre pour que tes projets soient acceptés. Tu auras probablement fort à faire pour que ton idée de récréation fasse l'unanimité. Il faudra que tu expliques pourquoi ça te semble aussi nécessaire !

– Entendu, dit Kyle avec entrain.

– C'est comme ça que ça se passe quand on est délégué, lança Kate d'un ton sentencieux, en insistant sur les deux derniers mots.

M. Davis dévisagea Kyle un moment, l'air mal à l'aise, puis il sortit de son classeur trois feuilles de papier.

– Pendant que j'y pense, vous devez tous les signer, dit-il en les leur distribuant. Il s'agit d'un formulaire d'autorisation, stipulant que vous comprenez les responsabilités inhérentes à vos candidatures, et que vous êtes prêts à remplir toutes les obligations de président si vous êtes élus. Je vais convoquer vos parents afin de les rencontrer demain matin, s'ils peuvent se libérer. Dans cet établissement, nous prenons au sérieux le rôle du président-délégué et nous souhaitons qu'ils mesurent l'ampleur de la tâche qui vous incombe.

Kyle contempla la feuille. *Nous y voilà*, pensa-t-il. Il avait l'impression que Foss était là et allait replier son bras derrière son dos pour l'empêcher de signer. Mais il pensa soudain aux paroles de Stephen : *"Être président-délégué est un bon moyen de s'impliquer et de changer les choses."* Et à celles d'Adam : *"Nous sommes sur terre pour faire les choses différemment."*

Kyle signa de sa plus belle écriture, comme s'il était John Hancock signant la Déclaration d'indépendance. Il tendit la feuille à M. Davis avec un geste solennel.

– Bonne chance, dit M. Davis à tous les candidats.

Puis il se leva. Les lycéens firent de même.

Lorsque Kyle sortit de la cafétéria et se dirigea vers le parking du lycée, Kate l'attrapa par le bras. Son visage exprimait une certaine condescendance.

– Laisse-moi te dire quelque chose, Kyle, dit-elle, en plissant ses yeux marron derrière ses lunettes. Tout d'abord, je tiens à te signaler que tu ne seras jamais élu. Seuls des élèves de terminale peuvent l'être. Tu m'as comprise ?

– Mais est-ce que ce n'est pas le meilleur candidat qui doit gagner ? dit Kyle, d'un air étonné. Indépendamment de la classe dans laquelle il est ?

Kate mit les mains sur ses hanches et le contempla.

– Dans un autre lycée peut-être, mais pas à Beachwood. Si tu veux être élu, sache que ton idée de récréation n'a aucune chance de recueillir les suffrages. Les élèves vont peut-être être de ton côté au début, mais les professeurs ne te soutiendront jamais. Jamais, tu m'entends ! Tu ferais mieux de proposer une fête ou un voyage.

– Je vois, dit Kyle en hochant la tête.

La jeune fille eut un large sourire.

– Bien. Les choses sont claires, à priori. Je suis heureuse que nous ayons eu cette conversation.

– Enfin, de toute façon, cela ne m'empêchera pas de proposer une récréation, dit Kyle d'un ton aimable. Je pense qu'il s'agit vraiment d'une bonne idée, et qu'un peu de temps libre supplémentaire ne ferait de mal à personne, y compris à toi.

Kate le fixa comme s'il venait de l'insulter, alors que Kyle pensait sincèrement ce qu'il disait. Kate semblait tout le temps stressée. Elle aurait bien besoin d'un moment dans la journée pour se détendre. La jeune fille haussa les épaules et traversa d'un pas vif le parking en direction de sa voiture.

– Fais ce qu'il te plaît ! lança-t-elle en partant.

– En tout cas, merci pour tes conseils, lui répondit Kyle.

Kate s'arrêta, le regarda, puis laissa échapper un ricanement. Mais Kyle avait apprécié son intervention. Peut-être que personne ne soutiendrait son idée de récréation, comme personne n'avait approuvé les idées d'Adam. Mais ce dernier avait trouvé le moyen de les réaliser ! Alors que personne ne l'y avait aidé, il avait persévéré.

Le bus qui était garé le long du trottoir démarra, cessant d'obstruer la vue. Kyle aperçut alors Amanda qui marchait seule sur le trottoir d'en face, sa queue-de-cheval et son sac à dos se balançant en cadence. Son cœur tressaillit. Il eut l'impression qu'il ne l'avait pas vue depuis des lustres, même s'il l'avait entrevue le matin même dans le couloir, avant qu'elle pénètre dans le hall d'entrée du lycée.

– Amanda, la héla-t-il. Ohé !

Il pensait à ses projets. Il était prêt à proposer un festival de musique. Même si Brett, Kate et M. Davis n'étaient pas d'accord avec ses idées, il était sûr qu'Amanda, elle, serait de son côté.

La jeune fille se retourna en entendant son nom. Son regard croisa celui de Kyle. Elle sembla hésiter à l'attendre. Les voitures filaient sur la chaussée, entre eux. Kyle appuya sur le bouton pour que le feu passe au vert, trépignant d'impatience. Mais Amanda était déjà repartie et s'éloignait en pressant le pas. Lorsque Kyle put enfin traverser, elle était déjà quelques pâtés de maisons plus loin.

10. Mission : Possible

Le jeudi soir, la veille des élections, Josh enfila son passe-montagne et remonta la fermeture de son cardigan noir jusqu'au menton. Il vérifia que ses poches contenaient bien tout le matériel nécessaire : une lampe de poche, différentes sortes d'épingles à cheveux et une bombe de lubrifiant. Il avait même pris un fumigène au cas où il serait obligé de s'échapper rapidement. Il n'avait pas regardé tous les *James Bond* ainsi que *Mission : Impossible* pour rien. Son téléphone portable était chargé. Il serait peut-être obligé de passer un coup de fil urgent… de prison.

La nuit était fraîche et claire. Le lycée paraissait si étrange à cette heure… Le parking était désert et les salles vides. Josh gara son vélo derrière un gros arbuste sous les fenêtres du laboratoire de biologie, afin que personne ne le remarque. Il pouvait voir la vitrine en verre avec les mascottes en peluche à travers les portes du hall d'entrée. Il y avait un éléphant gris et grassouillet, qui semblait vivant, et un âne aux oreilles brunes, garnies de touffes de poils blancs aux extrémités. Des panneaux relatifs à la Constitution et aux prochaines élections étaient également exposés, et, sur le côté, étaient posées les photos des candidats – dont le cliché ridicule de Kyle adossé au mur en brique du Rack, arborant un sourire crispé, pris par Lori.

Josh savait que les gardiens laissaient l'une des portes du lycée ouverte jusqu'à minuit au moins, au cas où un professeur resterait travailler tard – ou lorsqu'un élève était en retenue, ce qui avait été souvent son cas. Il savait que le meilleur moyen de l'ouvrir en faisant le moins de bruit possible consistait à appuyer sur le centre de la barre et à se glisser à l'intérieur par le plus petit interstice possible. Il lui restait exactement six minutes pour agir avant que la voiture de police, qui venait de faire une ronde autour de l'établissement, revienne. Il regarda ses phares arrière disparaître au loin lorsqu'il tourna au coin pour atteindre l'aile réservée aux cours d'anglais. Il était temps d'y aller.

Il se faufila dans le couloir. La nuit, tout était très calme. Le sol était brillant et propre. Il resta aux aguets un moment, tentant de percevoir d'éventuels bruits. Le club de français avait peut-être organisé une réunion dans la cafétéria… Il pouvait aussi y avoir une répétition du club de théâtre… Mais il n'entendit rien et il fit courageusement un pas vers la vitrine. Puis un autre. Et encore un autre… jusqu'à ce qu'il se retrouve face à l'âne et à l'éléphant.

Il examina son reflet dans la vitre. *Je n'ai peur de rien*, se dit-il. Il avait offert à ses amis une dernière chance de lui donner un coup de main, mais ceux-ci avaient tous refusé. Il sortit ses outils de ses poches. Lors d'une de ses heures de colle, le professeur qui le surveillait lui avait demandé de nettoyer les vitrines. Comme les clés de certaines avaient été perdues au fil des ans, et que personne n'avait pris soin de les remplacer, le gardien lui avait montré comment les ouvrir à l'aide d'épingles à cheveux. Avec une sécurité aussi défaillante, se dit Josh, ce lycée mérite bien que ses mascottes soient accrochées au panier de basket !

Il essaya de ne pas trembler en introduisant une épingle à cheveux dans le trou de la serrure. Il la tordit de façon à lui donner le bon angle, comme le gardien le lui avait montré. Il inséra ensuite une deuxième épingle à cheveux, et sentit la serrure se débloquer. La vitrine s'ouvrit. Aucune alarme ne se déclencha. Aucun filet ne tomba du plafond. Il ne fut ni cerné ni cloué au sol par des agents de sécurité. L'école était toujours vide et silencieuse. Personne ne l'avait vu.

Les animaux en peluche avaient l'air de le regarder. Ils semblaient plus gros de près. Ils sentaient le renfermé. Il songea qu'il allait bientôt faire partie du groupe de garçons qui avaient joué un tour à Hooper. Parmi eux, Ryan Keene. Il avait piraté le site Internet du lycée l'année dernière et avait modifié la biographie de Hooper en disant que celui-ci aimait s'habiller en femme et vivait toujours avec sa mère, sortait désormais avec l'une des danseuses soutenant l'équipe de basket des Seahawks de Seattle. Quant à Steve Reider, qui avait répandu de l'huile sur la scène, provoquant une chute mémorable du directeur, il était toujours entouré d'une multitude de filles. Avant de s'être illustrés dans ces hauts faits d'armes, ces garçons n'étaient pas différents des autres. Certains se fondaient dans le décor. Mais après...

Josh sortit de sa rêverie, en réalisant que s'il ne se pressait pas, la patrouille de police allait revenir dans le parking et le prendre en flagrant délit. Il prit l'âne dans une main et l'éléphant dans l'autre. Au toucher, leur fourrure était un peu embroussaillée et humide. Sans perdre de temps, il les fourra dans l'immense sac de toile qu'il portait en bandoulière. Après avoir soigneusement fermé ce dernier et la vitrine, il recula. Elle paraissait vide sans les deux mascottes. Les photographies des candidats ressortaient davantage. Brett Gregory semblait sourire à son intention, comme s'il l'encourageait à filer avec les animaux – à condition qu'il vote pour lui. Kate Hampton paraissait ridicule avec ses lunettes étincelantes. Celle de Kyle donnait l'impression d'avoir changé. Le garçon semblait le regarder d'un air réprobateur et observer ses faits et gestes. Josh lui jeta un coup d'œil narquois, puis se détourna.

Il s'élança dans le couloir, en direction du gymnase. Il haletait. Ses mains tremblèrent lorsqu'il lança la corde au-dessus du panier de basket et tira dessus pour s'assurer qu'elle tenait bien. Il la noua autour du cou des animaux et les regarda se balancer. Enfin, il prit quelques clichés avec son téléphone portable. Il tint l'appareil à bout de bras devant lui, de façon à figurer également sur les photos, pour prouver que c'était bien lui qui avait fait le coup. Sa montre lui indiqua qu'il lui restait deux minutes pour sortir du lycée avant le retour de la patrouille. Il se hâta d'atteindre la porte, enfourcha son vélo et s'élança vers les bois situés derrière les terrains de sport, zigzaguant à travers les arbres, puis longeant les rues tranquilles du quartier jusqu'à sa maison.

Il fit une pause dans le virage, le souffle court. Il avait réussi ! Il l'avait vraiment fait… Le lendemain matin, lorsque les premiers élèves se rendraient au gymnase, ils verraient les animaux. L'après-midi, Josh serait devenu un personnage légendaire. Il fixa le ciel nocturne, qui était clair, et sourit.

– Tu as vu quelque chose qui te plaît, là-haut ?

Josh sursauta et se retourna. Quelqu'un se tenait sur la pelouse, les mains sur les hanches. Lorsque la personne s'avança dans la lumière, Josh reconnut Andy, et les battements de son cœur ralentirent.

– Ne me fais plus jamais ça ! dit-il en poussant en soupir. J'ai failli avoir une attaque.

Andy portait une veste à capuche rouge, un pantalon de camouflage et des tennis hautes en toile noire. Ses cheveux étaient retenus par une queue-de-cheval. Un petit sourire flottait sur ses lèvres.

– Pourquoi ? Tu craignais qu'on te surprenne ?

– Non, répondit vivement Josh. Mais il fait noir. Tu m'as fait peur.

– Donc, tu l'as fait ? poursuivit Andy en baissant les yeux. Tu as réussi ?

– Et comment ! répondit Josh en souriant. Je viens de le faire. J'ai même pris des photos, si tu ne me crois pas. On peut les télécharger de mon portable sur mon ordinateur.

Andy le regarda avec attention. Elle eut un sourire en coin.

– Ça veut dire que tu m'invites dans ta chambre ?

Josh grimaça.

– Non... ce n'est pas ce que je voulais dire !

Andy posa une main sur sa hanche.

– Alors, tu te sens bien maintenant ? Ça y est ? Toutes les filles te tournent autour ?

– Mais non ! dit Josh en posant son vélo dans l'herbe. Je viens juste de le faire. On verra demain...

Il s'interrompit, comme s'il venait de réaliser qu'Andy était peut-être en train de se moquer de lui.

– Tu es jalouse ! s'exclama-t-il. Tu aurais bien aimé faire la même chose que moi !

– Sûrement pas ! répondit Andy. Je n'ai pas besoin de relever des défis aussi puérils pour m'affirmer.

Josh rougit.

Que faisait Andy ici, si ce n'était pas pour fêter sa victoire avec lui ? Est-ce que l'on vient voir quelqu'un la nuit uniquement pour le taquiner ?

– Je vais rentrer, marmonna-t-il, en la contournant.

– Josh ! s'écria Andy.

Il se retourna. Les traits d'Andy s'étaient adoucis.

– Pourquoi est-ce que tu fais tout ça ? C'est à cause de Kyle ?

Josh grimaça sans comprendre.

– Qu'est-ce que tu veux dire par là ?

– Il est le centre de toutes les attentions, souligna Andy. Il vient de revenir chez toi... Il est candidat au poste de président-délégué… Je ne sais pas. Tu as peut-être l'impression d'être délaissé en ce moment…

Josh agita la main en signe de dénégation. Il commençait à être énervé.

– Tu es dingue…

– J'essaie juste de t'aider, ajouta Andy d'une voix douce.

Elle avait l'air ennuyé et inquiet, comme la mère de Josh lorsqu'elle voulait comprendre pourquoi il avait agi de telle ou telle manière. Il avait envie de lui répondre qu'il avait déjà une psy chez lui, qu'il n'avait pas besoin d'en avoir une autre, lorsqu'une voiture de sport surgit. Elle ralentit avant de s'arrêter devant la maison des Trager. Josh et Andy se retournèrent. La conductrice, une femme aux cheveux foncés, regarda la maison d'un air déterminé. Elle ne remarqua pas les deux jeunes gens. Un frisson parcourut le dos de Josh.

Au bout d'un moment, le véhicule s'éloigna dans le virage. Ses pneus crissèrent sur la chaussée. Josh et Andy virent ses feux arrière disparaître au loin.

– Qu'est-ce qu'elle venait faire ? chuchota Andy.

– Il me semble avoir déjà vu ce véhicule quelque part… marmonna Josh.

Et, soudain, il se rappela où. L'autre jour, lorsqu'il avait sorti la poubelle, il était garé dans le virage, il en était sûr. Et cette femme était celle qu'il avait vue au Rack. Elle était avec sa sœur, celle que Lori surnommait la fêlée… Mais pourquoi rôdait-elle dans leur quartier, en passant lentement devant leur maison et en l'examinant comme si elle était en repérage pour un cambriolage ?

Josh réajusta son sac sur l'épaule.

– Je vais rentrer, dit-il à Andy.

La présence de la jeune fille et cet incident avaient fait retomber son enthousiasme. Tout à coup, il ne se sentait plus si fort, si courageux et si audacieux. Il n'était plus si heureux d'avoir joué à Hooper le tour que personne n'avait osé faire. La nuit était devenue plus fraîche et plus sombre, et, après le passage de la sinistre voiture, Josh éprouva un sentiment de malaise. Et peut-être une certaine frayeur.

11. Tout le monde est suspect

La même nuit, non loin de là, dans un entrepôt, Kyle était assis en face de Tom Foss, occupé à regarder fixement la même boîte que la veille, afin de voir ce qu'elle contenait. Des gouttes de sueur perlaient sur son front, et il avait l'impression de loucher. Il finit par pousser un énorme soupir, puis se renversa en arrière sur sa chaise, littéralement épuisé.

– C'est bon, dit Foss. Essayons de nouveau avec la balle.

Kyle gémit. Ils étaient passés de l'une à l'autre toute la nuit.

– Je pense que je vais m'arrêter là pour ce soir, conclut-il en veillant à ne pas regarder Foss dans les yeux. Je ne trouve pas que ça marche aussi bien que d'habitude.

Foss agita un doigt accusateur dans sa direction.

– C'est parce que tu n'es pas assez concentré.

Kyle balaya la pièce du regard, remarquant que tous les stores étaient baissés et les lumières éteintes à l'extérieur. Foss avait fait de ce lieu une véritable forteresse, pour éviter d'attirer l'attention. Kyle se demandait souvent ce qu'il faisait pendant la journée, où il habitait, ce qu'il aimait regarder à la télévision… Foss fréquentait-il d'autres personnes ? Parlait-il à d'autres gens ou est-ce que personne ne comptait pour lui hormis Kyle ?

Cependant, très vite, les élections envahirent à nouveau toutes ses pensées. Lorsque, aujourd'hui, il était venu s'entraîner avec Foss, il avait cru qu'il suffirait à ce dernier de le regarder pour savoir qu'il s'y présentait. Il avait été surpris de constater que Foss agissait comme d'habitude, sortant la boîte noire, ainsi que les livres de référence et les disquettes d'Adam. Il avait eu envie de lui avouer la vérité, car il détestait les secrets, mais il se tut pour ne pas le décevoir.

Kyle pensa un moment au discours qu'il devrait prononcer le lendemain. Il prévoyait de décrire les grandes lignes de ses projets : l'instauration d'une récréation, de mesures de nature à faire diminuer la violence, de meilleurs repas à midi et la disparition de la liste, une horrible tradition propre à Beachwood, qui consistait à faire voter les lycéens afin de désigner l'élève considéré comme le pire coureur de jupons, comme le plus bête, etc. Lori avait créé des affiches pour lui et les avait placardées dans tout le lycée. Certains élèves avaient déjà promis à Kyle qu'ils lui apporteraient leur soutien si son programme leur plaisait. Les membres du club d'athlétisme voulaient ainsi de nouvelles haies. Quant aux fauteurs de troubles, ceux qui se comportaient souvent comme des voyous, ils exigeaient qu'une télévision à écran plat soit installée dans la salle où avaient lieu les heures de colle. Une fille du club de théâtre désirait que le lycée fasse appel aux services d'un décorateur de premier ordre pour la comédie musicale qui devait être présentée au printemps.

Maintenant que Kyle était sorti de l'ombre, on commençait à le remarquer et on attendait de lui qu'il fasse un certain nombre de choses. Kyle avait feuilleté le journal d'Adam la nuit dernière, pour voir si lui aussi avait vécu une situation similaire, à savoir s'il avait côtoyé des personnes qui ne s'intéressaient à lui uniquement parce qu'ils avaient besoin de lui. C'était fort possible, car les gens de Zzyzx avaient essayé de se servir de lui pour réaliser leurs sombres desseins. Qu'avait alors ressenti Adam ? De la déception ? Toutefois, Kyle n'avait encore trouvé aucun passage dans son journal où il en était question.

Il était excité à l'idée d'être candidat. Il pouvait faire des promesses, promouvoir des idées qui lui semblaient bonnes et il pensait qu'il ferait vraiment un bon président. Adam aurait sûrement voulu que Kyle mette ses dons au service d'une cause juste...

– Kyle, dit Foss en faisant claquer ses doigts, puis en agitant les mains devant lui. Hé ! – Kyle cligna des yeux, sortant de sa rêverie. Tu es complètement ailleurs ce soir, remarqua Foss d'un air sombre.

– Je suis simplement fatigué, dit rapidement Kyle. J'ai beaucoup de travail en ce moment. En plus, je cours beaucoup... Et puis, il y a toutes ces séances avec toi... C'est beaucoup trop.

– Tu devrais pourtant tout faire, dit Foss. Adam, lui, en était bien capable.

Kyle regarda Foss avec irritation. Qui avait dit qu'il était exactement comme Adam ?

– Tu sais ce que je ne comprends pas ? dit-il finalement. Tu veux que j'apprenne à déplacer des objets par la seule force de ma pensée, mais tu exiges aussi que je reste très discret. Tu ne penses pas que si l'on me voit faire de la télékinésie, je vais justement me faire remarquer ? Tout ça me semble assez contradictoire !

– Je ne veux pas que tu apprennes à déplacer des objets pour épater la galerie, rétorqua Foss avec sévérité. Mais pour améliorer tes capacités. Tu es capable d'exploiter une grande partie de ton cerveau, alors que la plupart des gens...

– ... n'en utilisent qu'une infime fraction, dit Kyle, répétant ce qu'Adam lui avait dit à maintes reprises.

Foss se rejeta en arrière sur sa chaise, enfonçant les mains dans les poches de sa veste en jean.

– Tu n'as pas conscience de la chance que tu as, dit-il. Beaucoup seraient prêts à tuer pour avoir tes facultés.

– Je ne me sens pas particulièrement chanceux, marmonna Kyle.

Il se cala dans son fauteuil, laissant tomber son sac à dos bleu par terre. Il ne se rendit pas compte que l'une des poches était ouverte, et que son contenu venait de se répandre sur le sol. Il y avait des stylos, un rapporteur, un petit calepin et un gros badge de forme circulaire. Kyle manqua de rapidité, ne réalisant pas tout de suite ce qui était inscrit sur ce dernier. Il regarda Foss le ramasser sans réagir.

Celui-ci tenait le badge du bout des doigts, comme s'il était contaminé.

– "Votez pour Kyle !", lut-il d'une voix éteinte. Tu peux m'expliquer ce que c'est ? demanda-t-il, en se tournant vers lui.

Kyle ouvrit la bouche, mais resta muet. Dire qu'il avait fait tant d'efforts pour cacher la vérité…

Le visage de Foss devint écarlate.

– Est-ce que je ne t'ai pas demandé de refuser cette nomination ? murmura-t-il.

– Je sais. Je sais, dit Kyle, dont le cœur battait la chamade. Je ne pensais pas que ça prendrait une telle ampleur. Et puis, je voulais faire évoluer les choses. Je peux faire beaucoup pour le lycée et les élèves. J'ai de grandes idées. Adam ne m'a-t-il pas dit que je devais mettre mes talents au service du monde ?

– Oui, mais pas maintenant, dit Foss en haussant la voix. Et pas de cette façon !

Foss se détourna, en fermant les yeux, l'air furieux. Lorsqu'il jeta le badge à l'autre bout de la pièce, Kyle tressaillit. L'objet rebondit et alla se cogner contre le mur opposé. Foss leva les bras, puis soupira en joignant ses mains derrière sa nuque. Il se retourna pour regarder Kyle.

– Je suis désolé, dit Kyle. J'ai lu le journal d'Adam. Il croyait à fond dans les causes qu'il défendait, même si personne ne le soutenait.

– Oui, et où est-il à présent ? dit Foss d'un ton sarcastique. Tu veux vraiment finir comme lui ?

– Il n'y a aucun danger...

– Il peut t'arriver quelque chose de terrible si tu te présentes, l'interrompit Foss. Sais-tu qui a proposé ta candidature ?

Kyle fit signe que non de la tête.

– Ils ont pu te tendre un piège, dit Foss, l'air exaspéré. Quelqu'un au lycée est peut-être une taupe. Si ça se trouve, tu cours à ta perte.

– Une taupe ? répéta Kyle, se représentant l'animal à fourrure qu'il apercevait parfois dans le jardin des Trager.

– Un espion, expliqua Foss.

Kyle haussa les épaules.

– Je pense que tu dramatises trop. Qui m'espionnerait au lycée ?

Foss lui lança un regard furieux.

– Tu connais donc tous ceux qui entrent et sortent du lycée ?

– Non, bien sûr, commença par dire Kyle.

– Hé ! oui, dit Foss. Tu as grandi dans un caisson. Tu possèdes toutes ces connaissances innées... toutes ces capacités, mais tu as été lâché dans le monde sans savoir comment il fonctionne. Tu fais confiance à tout le monde, Kyle... Tu es trop naïf. Tu crois que tout le monde est comme toi, que tout le monde a un bon fond...

– Ce n'est pas vrai, dit Kyle.

Foss le scruta.

– Tu es étonné lorsque des gens en blessent d'autres, non ?

Kyle ferma les yeux. C'est vrai qu'il avait été attristé quand il avait découvert que Charlie trompait Amanda et terrifié lorsque Adam Baylin avait été assassiné, et que Foss avait fait sauter le complexe de Zzyzx.

– Sans doute un peu, murmura-t-il.

– Tu dois réaliser que tu ne peux faire confiance à personne, martela Foss.

– Tu veux dire, vraiment personne? demanda Kyle, avec un sourire gêné.

– Oui, dit Foss. L'un de tes ennemis peut très bien se trouver parmi ton entourage.

– Toi, par exemple, dit Kyle.

– Sauf moi, dit Foss, en regardant ailleurs.

Kyle fixa le sol. Il était peut-être trop crédule et trop confiant, mais il ne voulait pas voir les choses de la même façon que Foss. Les Trager ne seraient jamais ses ennemis. Adam Baylin, lui non plus, ne le serait jamais devenu.

– Cesse de te mêler de ma vie! lâcha-t-il. Je peux m'occuper de moi tout seul.

– Parfait! s'écria Foss en levant les bras au ciel. Deviens président! Vis une vie normale! Je te souhaite bien du plaisir!

– Très bien! s'écria Kyle à son tour. C'est ce que je vais faire!

Il sortit en trombe de l'entrepôt en claquant la porte, sans se soucier le moins du monde de faire du bruit. Il n'était pas sûr d'avoir jamais été aussi en colère auparavant. Il s'arrêta dans le bosquet situé derrière l'entrepôt et respira le parfum des pins. Il était libre, il n'était plus obligé de suivre les séances d'entraînement de Foss. Ouf!

Un bruit de branches derrière lui le fit se retourner. Il aperçut une silhouette qui se dirigeait vers lui dans l'obscurité.

– Kyle, cria Declan.

Kyle se raidit, puis soupira, n'en croyant pas ses yeux.

– Je t'avais pourtant dit de ne pas me suivre.

– Kyle, il faut que tu me parles, insista Declan en l'attrapant par le bras.

Kyle se retourna brusquement, se libérant de son étreinte.

– Je ne peux pas. Tu as compris ? Je te l'ai déjà dit. Laisse-moi tranquille !

Declan eut un rictus crispé.

– Qu'est-ce que je peux faire pour que tu m'écoutes ? Pour que tu comprennes que tu peux me faire confiance ?

– Il ne s'agit pas de ça, dit Kyle en essayant de dépasser Declan, qui lui barra le passage. Pourquoi veux-tu tellement connaître la vérité ?

– Parce ce que ne rien savoir me rend malade ! siffla Declan.

Kyle mit les mains dans ses poches. Les nuits devenaient plus froides, et ses doigts étaient glacés. Il avait peut-être été injuste avec Declan. Il respira profondément, sentant sa gorge se nouer.

Les paroles de Foss lui revinrent à l'esprit : *"L'un de tes ennemis peut très bien se trouver parmi ton entourage."* Kyle fit un pas en arrière. Declan en savait beaucoup sur lui. Peut-être trop, même. Il l'avait suivi dans les bois et avait peut-être repéré l'entrepôt. Que savait-il d'autre ?

Il fit encore un pas en arrière, puis un autre. Il eut soudain un goût amer dans la bouche.

– Je dois y aller, lâcha-t-il avant de se retourner et de disparaître dans l'obscurité.

12. Les limites de la confiance

Le lendemain matin, lorsque Kyle revint de son jogging, Nicole était assise à la table de la cuisine, vêtue d'un blazer bleu clair et d'une jupe plissée.

– Tu es sur ton trente et un, remarqua Kyle, en essuyant la sueur qui coulait de son front.

Depuis que Nicole avait cessé momentanément d'exercer sa profession, elle portait généralement un jean et un T-shirt.

– Oh! Kyle, tu m'as fait peur, s'exclama-t-elle en sursautant – elle baissa les yeux pour regarder sa tenue. Oui, c'est amusant d'être bien habillée. J'ai l'impression que ça ne m'était pas arrivé depuis une éternité.

Kyle se servit un verre d'eau. Il était encore essoufflé.

– Est-ce que ton travail te manque ?

– Oui, admit Nicole. J'aime aider les gens... Surtout les gens comme toi, qui sont brillants et ont traversé beaucoup d'épreuves... Et puis, il est gratifiant d'être en contact avec des jeunes. Bien souvent, ils n'ont personne à qui ils peuvent se fier.

Kyle fixa le sol carrelé de la cuisine. Il pensait à ce que Foss lui avait dit la veille – qu'il faisait trop facilement confiance à tout le monde.

– Est-ce que c'est bien de faire confiance aux autres ? demanda-t-il.

– Oui, bien sûr, dit Nicole.

– Est-ce qu'il peut arriver qu'on fasse trop facilement confiance à quelqu'un ? poursuivit Kyle.

– C'est possible, répondit Nicole en s'adossant à sa chaise. Dans ce cas, on prend le risque d'être déçu.

Kyle eut un frisson dans le dos.

– Mais tout n'est pas si simple, ajouta Nicole en secouant la tête, ce qui fit osciller ses boucles d'oreilles. Il y a deux façons de voir les choses, je pense. Si tu fais confiance à tout le monde, on peut profiter de toi, mais si tu ne fais confiance à personne, ou si tu penses que tout le monde est une menace pour toi, tu ne peux plus lier connaissance avec qui que ce soit.

Elle but une gorgée de café et sourit.

– Dans le cadre de mon travail, reprit-elle, je dois me montrer prudente, même si, parfois, cela ne m'enchante guère. Quelquefois, certaines personnes me déconcertent, comme cet agent de sécurité qui rôdait dans notre jardin l'automne dernier. J'étais certaine qu'il était sur le point de commettre une mauvaise action, mais je ne l'ai jamais revu. Il était sans doute simplement en train de surveiller le voisinage, et je me suis inquiétée pour rien.

Kyle se mordit les lèvres. Il était étrange d'entendre Nicole parler de Tom comme s'il était un étranger.

– Tu n'en sais rien, marmonna-t-il. Il préparait peut-être vraiment un mauvais coup.

Nicole renifla.

– Tu dis ça, mais tu ne le penses pas, dit-elle en s'étirant. Je dois y aller maintenant. Stephen et moi, nous devons aller au lycée ce matin.

– Au lycée ? dit Kyle, en redressant la tête. Pourquoi ?

Nicole désigna sa tenue du doigt.

– C'est pour cette raison que je suis aussi élégante. Nous avons une réunion te concernant, tu te souviens ? demanda-t-elle en souriant. C'est à propos de ta candidature et de tes futures responsabilités si tu es élu. Il semble qu'à Beachwood, la participation des élèves soit prise au sérieux… Ils veulent s'assurer que nous comprenons ce à quoi tu t'engages, et que nous pensons que tu peux faire un bon président-délégué.

– Et… tu le penses ? demanda Kyle d'une voix légèrement étranglée.

– Bien sûr, répondit doucement Nicole.

Ils restèrent silencieux pendant plusieurs minutes et regardèrent par la fenêtre quelques lève-tôt passer sur le trottoir. Puis Nicole regarda Kyle d'un air interrogateur.

– Est-ce que tu as des soucis en ce moment, Kyle ?

Il haussa les épaules.

– Ça se voit tant que ça ?

– Avec toi, je le sais toujours, répondit Nicole en lui adressant un sourire chaleureux.

Kyle passa les mains dans sa chevelure humide.

– Je ne suis plus certain de vouloir me présenter, finit-il par dire. Je ne sais pas si c'est une bonne idée d'occuper ainsi le devant de la scène.

Nicole fronça les sourcils.

– Pourquoi est-ce que tu dis ça ?

Kyle se mit à fixer ses baskets bleu marine. Il n'avait pas dormi de la nuit, pensant à son altercation avec Foss et se demandant si celui-ci avait raison. Il ignorait qui avait présenté sa candidature. Il y avait presque un millier d'élèves à Beachwood, et il était loin de les connaître tous. Celui dont il devait se méfier n'était peut-être qu'un étranger perdu dans la masse, attendant son heure pour lui faire un sale coup.

Nicole posa une main sur l'avant-bras de Kyle.

– C'est à cause de tes parents, n'est-ce pas ?

Kyle leva les yeux, surpris.

– Tu te sens coupable parce qu'ils sont morts dans cet accident, tandis que toi, tu continues à vivre ta vie, expliqua Nicole. Tu penses peut-être que tu dois te punir, t'empêcher de réaliser tes rêves ou même de t'amuser. Mais je pense qu'ils auraient voulu que tu te présentes, Kyle. Je le pense vraiment.

Le visage de Nicole avait une expression empreinte de compréhension. Ses yeux d'un bleu transparent le fixaient. Kyle sentit son cœur se serrer. Il avait inventé ce mensonge sur la disparition de ses parents il y a quelques semaines, et il était toujours surpris que les Trager le croient, sans mettre sa parole en doute. Ils ne lui posaient jamais de questions, alors que lui trouvait que cette histoire était tirée par les cheveux. Il baissa les yeux vers la table, et son regard tomba sur un prospectus offrant des coupons de réduction pour du café, des barres chocolatées et de la lessive. Une idée lui traversa l'esprit : peut-être devrait-il avouer à Nicole qu'il avait menti, peut-être devrait-il lui raconter son passé et sa rencontre avec Adam. Il n'avait personne à qui parler pour l'instant – et il n'allait certainement pas se confier à Foss. Nicole pourrait certainement l'aider. Elle saurait quoi faire…

– Je te comprends, affirma Nicole. Je sais que c'est difficile. Mais je sais que tu es assez fort pour t'en sortir, Kyle. Et je trouve formidable que malgré tout ce que tu as traversé l'an dernier, tu sois assez courageux pour te lancer dans un projet tel que celui-ci.

– Tu as peut-être raison, murmura Kyle.

Nicole lui tapota le bras, se leva et sortit de la pièce. Kyle ferma les yeux. Il avait eu une occasion de tout révéler, mais il l'avait laissée échapper. Il ne se sentait pas courageux. Au contraire, il avait plutôt l'impression d'avoir été très lâche.

13. Le devoir familial

Le même matin, Jessi suivit Emily dans l'entrée du lycée de Beachwood. Elles s'approchèrent d'une pièce fermée par une porte à deux battants sur laquelle il était écrit : "Bureau du directeur."

– Tu es excitée ? lui demanda Emily. Ce lycée semble vraiment très bien.

Jessi regarda autour d'elle. Le lieu était presque vide, Quelques lycéens tournaient en rond. Toutes sortes d'affiches étaient accrochées aux murs, annonçant par exemple une tombola ou un match de basket qui avait lieu le vendredi. Il y avait aussi de grands panneaux scintillants où l'on pouvait lire "Votez pour Brett". Sur l'un d'eux, juste en face d'elle, apparaissait la figure familière d'un garçon. Ses yeux bleus pétillants semblaient la fixer. Sous la photo, était écrit en lettres rouges : "Votez pour Kyle !"

– Kyle ! murmura Jessi, tout étonnée.

Encore ce nom.

Remarquant, elle aussi, l'affiche, Emily se raidit. Elle eut l'air surpris. Jessi la vit fouiller dans son sac pour en extraire son portable.

– Attends-moi ici une minute, murmura-t-elle. Je reviens tout de suite.

– Où vas-tu ? s'écria Jessi.

Elle se rappela que sa sœur avait prononcé le nom de Kyle hier au café. Mais s'agissait-il de ce Kyle-ci, du garçon qui était sur cette affiche ? Ce prénom était peut-être très courant.

– Je dois juste passer un coup de fil, lui dit Emily qui semblait exaspérée.

Elle sortit rapidement. Jessi soupira et se mit à contempler l'affiche. Un frisson la parcourut. Ce visage lui parut familier.

Soudain, elle entendit des voix. Une femme blonde et un grand homme séduisant, qui marchaient lentement, étaient en pleine conversation.

– Je pense qu'il pourrait parfaitement relever ce défi, mais il ne semble pas en être si sûr que ça, disait la femme.

Ils se rapprochèrent de Jessi. La femme avait l'air sympathique. Elle portait un blazer bleu pâle et une jolie jupe plissée. Jessi croisa son regard un instant, mais détourna rapidement les yeux.

– Pourquoi Kyle penserait-il qu'il n'est pas capable d'être un bon président, Nicole ? demanda l'homme.

Jessi prêta l'oreille. Kyle. Encore le même prénom. Et Nicole... Quand Jessi avait-elle entendu ce prénom ?

– Je l'ignore, dit Nicole en haussant les épaules – ils s'assirent sur un banc non loin de Jessi. Celle-ci dissimula son visage derrière ses longs cheveux bruns, faisant mine de ne pas les écouter. On dirait qu'il nous cache quelque chose, continua la femme. Mais je ne sais pas quoi.

Le cœur de Jessi se mit à battre. Il leur cachait quelque chose... Un secret ?

L'homme, sans doute son mari, laissa échapper un long soupir.

– Nous ne pouvons pas exiger de lui qu'il se sente bien en ce moment. Il a subi un terrible choc à cause de la mort de ses parents. Je suis sûr qu'il a du chagrin.

– Il semble... Je ne sais pas... paranoïaque ou quelque chose dans ce goût-là, murmura Nicole. Je suis inquiète.

Soudain, Jessi réalisa à quel moment elle avait entendu le prénom de Nicole. C'était celui de Mme Trager, la psychologue qu'Emily voulait qu'elle voie. Elles s'étaient retrouvées sur le perron de sa maison quelques jours auparavant, mais elle était absente. Était-ce la même personne ?

Nicole leva les yeux, surprenant l'air intrigué de Jessi.

– Est-ce que je peux vous aider ? lui demanda-t-elle en s'approchant.

Jessi fit non de la tête. Tout à coup, elle éprouva le besoin de partir. Et si cette femme était Nicole Trager ? Elle éprouva un sentiment de culpabilité à l'idée d'avoir rôdé dans son jardin.

Sans dire un mot, elle passa en trombe devant le couple et se hâta vers le parking. Emily avait garé la voiture sous un arbre. Jessi l'aperçut assise à l'intérieur, ses mains crispées sur le volant. Elle se dirigea rapidement vers elle, ne souhaitant plus rester seule.

Mais lorsqu'elle s'approcha de la vitre, elle s'arrêta. Le visage d'Emily semblait déformé par l'inquiétude. Jessi recula, hésitante. L'image de l'homme qu'elle avait vu dans les bois lui revint brusquement en mémoire. Elle se vit serrant son cou avec ses mains, tremblante de peur. Il semblait qu'à présent, Emily éprouvait la même sensation d'effroi.

Jessi se tapit derrière la voiture. Elle devait trouver ce qui contrariait sa sœur, ce qu'elle lui cachait. Pour l'heure, elle n'en avait pas la moindre idée.

14. Aveuglée par l'amour

Vendredi matin, Lori, qui se trouvait dans la cour, prêta l'oreille aux conversations. Tout le monde parlait des discours électoraux qui seraient prononcés l'après-midi, avant le vote des élèves. Quelques rumeurs intéressantes circulaient. Lauren Hayworth, qui se présentait au poste de trésorière, était censée jeter des billets au public. Et Colleen Doyle, qui voulait devenir secrétaire, devait faire un numéro de strip-tease. Mais ce bruit-là avait sans doute été propagé par un groupe de garçons de seconde.

Lori chercha Hillary du regard. Son amie avait promis de venir de bonne heure au lycée pour l'aider à distribuer les derniers badges. Elle aurait dû être là depuis une bonne vingtaine de minutes. Lori lui avait envoyé deux SMS sur son portable et lui avait laissé deux messages vocaux, mais Hillary n'y avait pas répondu.

Elle soupira et prit dans son sac des badges circulaires en métal.

– Votez pour Kyle ! dit-elle à deux filles qui avaient les mêmes lunettes, et qui dégageaient un parfum au jasmin entêtant.

Elle croisa deux garçons en maillot de hockey.

– Votez pour Kyle Trager ! leur conseilla-t-elle aussi.

Elle tendit des badges à un autre garçon vêtu d'un blouson de pilote et à une lycéenne qui avait enfilé des collants de danse. Elle sourit à un groupe de filles dont les familles avaient visiblement de gros moyens, car celles-ci ne portaient que des vêtements de haute couture et des sacs que sa mère ne lui achèterait sans doute jamais. Elle distribua également des badges à des élèves bons et moins bons, habitués aux retenues ou férus d'informatique. En réalité, elle s'était bien plus investie dans la course aux élections que Kyle. Celui-ci était allé courir le matin même, tandis qu'elle avait mis la dernière touche au site Internet de la campagne. Elle lui avait dit qu'elle allait s'occuper de tous les détails, qu'il n'avait pas à s'en inquiéter.

– Ah ! Mais ce ne serait pas notre bonne petite directrice de campagne ! s'exclama Hillary en surgissant derrière Lori et en passant les bras autour de ses épaules. J'ai entendu dire que les badges de Kyle étaient l'accessoire le plus tendance du moment…

– Espérons, siffla Lori entre ses dents, avec une pointe d'agacement – cela ressemblait bien à Hillary d'arriver une fois le travail terminé. Je pense que j'ai vraiment été utile. Kyle ne savait absolument pas comment s'y prendre ! Il ne voulait même pas d'affiches…

Elle soupira, s'assit sur un muret en pierre et balança ses jambes. Quelques élèves passèrent devant elle. Ils arboraient tous les badges que Lori leur avait donnés. Elle agita la main dans leur direction, tout excitée, puis poussa à nouveau un soupir.

– Au moins, je pense à autre chose qu'à Declan. Ça fait six jours qu'il ne m'a pas adressé la parole. J'ai envie de lui hurler dessus, juste pour voir comment il réagirait.

Hillary hocha la tête, comme pour montrer qu'elle comprenait ce que Lori venait de dire. Puis elle se pâma.

– Tu ne peux pas imaginer à quel point Charlie est sexy avec son short de basket !

Lori cligna des yeux. Qu'est-ce que ça avait à voir avec ce qu'elle venait de dire ?

– C'est à la limite de l'attentat à la pudeur, expliqua Hillary. Je ne pensais pas qu'il serait en short ce matin, avec ce froid.

Lorsque je lui ai dit que ça m'avait étonnée, il m'a dit que cette température ne le gênait pas. Il est tellement fort !

Lori la dévisagea.

– Tu étais avec Charlie ce matin ?

– Oui, répondit Hillary. Je suis allée le voir jouer au basket. Je ne te l'avais pas dit ?

– Non, répondit Lori d'un ton acerbe. Tu avais dit que tu viendrais me donner un coup de main...

– Ah... répondit Hillary en haussant les épaules. Mais... c'était pour la bonne cause. Je suis en train de construire une relation avec Charlie. Je pensais que tu comprendrais. Tu sais à quel point c'est important pour moi !

Et ce qui est important pour moi, ça ne compte pas ? se demanda Lori. Comme le fait qu'Hillary soit présente lorsqu'elle avait besoin d'elle, qu'elle l'écoute avec attention lorsqu'elle lui parlait de Declan... Mais elle se demanda si cela valait la peine d'aborder le sujet. Pourquoi Hillary tiendrait-elle ses promesses quand Charlie était dans les parages ? Elle ne comprenait sans doute même pas qu'elle s'était mal comportée.

– Écoute, je suis désolée, marmonna-t-elle, énervée d'être la seule à s'excuser.

– Pas de problème, répondit gaiement Hillary.

Elles observèrent le départ de quelques bus.

– Alors, est-ce que tu as parlé à Amanda ?

– Non, j'ai été plutôt occupée, dit Lori.

Hillary désigna l'autre côté de la cour.

– Tu peux aller lui parler maintenant...

Amanda était assise seule sur un banc. Elle semblait lire un roman qui était sur la liste du programme d'anglais.

Lori gémit.

– Et qu'est-ce que je vais lui dire ? Ma copine veut sortir avec ton ex. Je sais que ça ne va pas être aisé pour toi, mais est-ce que tu peux me révéler des détails qui lui faciliteraient la tâche ?

– Oui, c'est parfait, si tu veux être aussi directe, dit Hillary en souriant.

– Je plaisantais, répondit Lori.

– Demande-lui juste ce qu'il aime.

– Pourquoi tu ne le fais pas toi-même ?

Hillary cligna des yeux d'un air incrédule et fixa Lori de ses yeux bleus, comme si elle était la fille la plus stupide de l'univers. Elle pouffa et lui donna un coup de coude.

– Va juste lui poser une petite question. Je t'en serai éternellement reconnaissante !

Lori grogna, mais se leva. Elle ne voyait pas ce qu'elle pouvait faire d'autre. Elle se faufila entre les groupes d'élèves, les joueurs de Frisbee, les membres de la troupe de théâtre qui répétaient une scène et des filles qui buvaient des sodas en papotant. Amanda lui fit un signe de la main tandis qu'elle approchait. Son expression était si amicale et sympathique que Lori se sentit encore plus mal à l'aise.

– Salut, dit-elle en s'asseyant près d'elle.

Amanda portait une jupe plissée rose et un cardigan de la même couleur, mais un peu plus foncé. Elle était la douceur incarnée.

– Tu voulais me parler ? demanda-t-elle.

– Je voulais juste savoir comment tu allais, répondit Lori, hésitante, ne sachant pas comment aborder le sujet.

Elle aperçut Hillary de l'autre côté de la pelouse, qui pointait son menton en direction d'Amanda.

– Je ne t'ai pas beaucoup vue ces derniers temps, dit-elle.

– Oui, j'hiberne en quelque sorte, avoua Amanda en baissant les yeux sur son roman, une version abrégée d'*Orgueil et préjugés*.

– Ça n'a pas été trop dur ? demanda Lori.

Amanda hocha la tête. Elle se tut un moment, en regardant le grand chêne qui se trouvait devant elles. Quelqu'un avait collé un chewing-gum sur le tronc, et celui-ci s'était étiré en un long fil gluant.

Lori regarda Amanda et se rendit compte que ses yeux se remplissaient de larmes.

– Mon Dieu ! dit Amanda. Je m'étais jurée de ne pas pleurer devant qui que ce soit. Mais je ne l'ai pas vu venir. Pas du tout. On était ensemble depuis si longtemps, je pensais que nous étions heureux, et tout ça a été… un tel choc !

– Je sais, dit Lori à voix basse.

– C'est comme si, un jour, Charlie était devenu un étranger, poursuivit Amanda, le visage caché derrière ses mains, d'une voix voilée et tremblante. Et puis, ça a été terminé. Nous avons cessé de nous parler.

– Je comprends, chuchota Lori, réalisant brusquement qu'Amanda et elle avaient un point commun. J'ai vécu la même chose que toi.

– C'est vrai ? demanda Amanda en écartant les mains de son visage.

Ses yeux étaient rouges, et son visage un peu humide.

Lori hocha la tête.

– Oui, avec Declan. Tout se passait bien, puis brusquement, plus rien. Il m'a quittée. Il est devenu tout à fait différent. Ça m'est tombé dessus sans prévenir !

Lori sentit une boule dans sa gorge et se demanda si elle n'allait pas se mettre à pleurer, elle aussi. Elle sortit un paquet de mouchoirs en papier de son sac et en tendit un à Amanda.

– Nous sommes pathétiques, n'est-ce pas ?

– Ce sont les garçons qui sont pathétiques, dit Amanda en s'essuyant les yeux. Pas nous.

Elle soupira.

– Le pire, c'est que Charlie ne semble pas avoir de chagrin… Je ne pense pas que je lui manque. Il n'a pas essayé d'arranger la situation. C'est comme si j'étais la seule à souffrir. Il n'a pas l'air d'y accorder beaucoup d'importance. Et tu sais ce qu'il y a de pire ? Les autres le voient. Plein de gens, des gens qui comptent pour moi – elle souffla sur sa frange, dégageant son front. J'ai l'impression que tout le monde le savait, et que personne ne m'a rien dit… qu'on riait derrière mon dos.

– Je suis sûre que ce n'est pas ainsi que ça s'est passé, dit Lori d'une voix douce.

Elle pensa à Kyle qui s'était demandé s'il devait avouer la vérité sur Charlie à Amanda. Parfois, il avait vraiment désiré le faire, mais beaucoup – dont Lori – lui avaient répondu que ce n'étaient pas ses affaires. Elle continuait de penser que Kyle avait bien fait de ne pas s'en mêler.

– Je pense simplement que certains essayaient de te protéger. Ce n'est pas facile de se trouver au milieu de tout ça.

– Peut-être, dit Amanda en regardant ses chaussures. Mais je me sens tellement en colère. Et impuissante…

Lori déchiqueta son mouchoir. Elle n'avait pas eu une aussi longue conversation avec Amanda depuis longtemps. Bien qu'elles soient voisines, Lori pensait qu'elles étaient très différentes. Amanda respectait toujours les règles. Elle était tellement parfaite. Mais en lui parlant, Lori réalisa qu'elles se ressemblaient plus qu'elle ne l'avait imaginé. Elles vivaient à peu près la même chose…

Lorsqu'elle leva les yeux, elle vit qu'Hillary était au fond de la cour et la regardait. Elle avait les yeux à demi fermés et secouait la tête, comme pour lui dire : “Mais qu'est-ce que tu fabriques ?” Elle lui fit signe d'accélérer. Mais Lori n'en avait pas envie. Ce n'était pas le moment de poser des questions à Amanda sur Charlie. En réalité, elle se sentait même coupable de savoir qu'il sortait avec Hillary, comme si cela signifiait qu'elle approuvait cette relation.

– Je dois y aller, dit-elle.

Amanda rangea son livre dans son sac et adressa un faible sourire à Lori.

– Merci, Lori. Tu ne le croiras peut-être pas, mais… cette conversation m'a fait du bien.

– Tant mieux, répondit Lori en souriant. Et, en réalité, tu m'as aidée, toi aussi.

Elle mit du temps à rejoindre Hillary. Lorsqu'elle arriva à sa hauteur, celle-ci mit les mains sur ses hanches et lui dit :

– Tu ne lui as rien demandé, je parie ?

– Je n'ai pas pu, admit Lori. Elle va super-mal, Hillary. Ce n'était pas la chose à faire. C'est comme si une fille venait me poser des questions sur les goûts de Declan. Je crois que je la piétinerais sur place.

Hillary plissa les yeux.

– Qu'est-ce que ça peut faire ? dit-elle en refermant avec force son tube de gloss. On dirait que tu te soucies plus de ce que ressent Amanda que de ce que moi, je ressens !

– Ce n'est pas ça du tout, protesta Lori. Je comprends très bien ce qu'elle vit en ce moment, c'est tout !

– Si c'était pour toi, je le ferais, dit Hillary en croisant les bras sur sa poitrine.

– Vraiment ? dit Lori en regardant autour d'elle.

À cet instant, Declan sortit du parking. Il discutait avec Jeff Preston, l'un de ses amis basketteurs.

Lori haussa les épaules.

– Parfait ! Va voir Declan et parle-lui. Demande-lui pourquoi il m'a brusquement laissée tomber. Demande-lui s'il est amoureux de la fêlée et, plus important encore, pourquoi.

Hillary se mit à faire tourner sa bague autour de son doigt. Elle semblait gênée, et Lori vit qu'elle paraissait peser le pour et le contre.

Juste à cet instant, ses yeux se posèrent sur le garçon qui se trouvait derrière Declan.

– Tiens, voilà Charlie ! dit-elle.

Il était également en train de sortir du parking et avait la même démarche nonchalante que Declan.

– Comme tu ne m'es d'aucune aide, je vais essayer d'en savoir plus toute seule.

– C'est ça, vas-y ! s'exclama Lori, qui avait élevé la voix.

Elle bouillonnait de colère et était sur le point d'exploser.

– J'en ai vraiment assez d'être en compétition avec lui !

Hillary tourna la tête vers Lori.

– Quoi ?

– Non, rien...

Lori prit le sac contenant ses badges. Elle était si énervée que ses yeux se remplirent de larmes. Elle s'éloigna en titubant et faillit heurter un groupe de filles en uniformes de musicienne.

– Mais qu'est-ce que j'ai fait ? s'écria Hillary. Lori !

Mais Lori ne répondit pas. Elle se précipita à l'intérieur du lycée, sans se retourner. En pénétrant dans le hall, elle vit une foule d'élèves qui s'était agglutinée à l'entrée du gymnase. Au début, à cause de la tension qui régnait, elle pensa que quelqu'un était tombé ou qu'il y avait encore une bagarre, comme cela s'était déjà produit au cours de la semaine.

– Que se passe-t-il ? demanda-t-elle, espérant que quelqu'un allait lui répondre.

– L'éléphant et l'âne sont suspendus au panier de basket, répondit une voix familière derrière elle.

Lori se retourna. Declan était là, à quelques pas, les mains enfoncées dans les poches de son jean. Lori pivota à nouveau et regarda en direction du gymnase au-dessus des têtes. Les mascottes en peluche se balançaient bel et bien en dessous du panier, une corde serrée autour de leur cou.

– Ben ça, alors ! dit Lori en se passant une main dans les cheveux.

Declan rajusta son sac à dos sur ses épaules. Pendant un bref instant, il parut sur le point d'ajouter quelque chose. Lori ouvrit la bouche et retint sa respiration. Cela semblait être le bon moment pour discuter de leurs problèmes. Ils pourraient peut-être comprendre ce qui s'était passé et arranger la situation. Peut-être obtiendrait-elle une explication ?

Mais l'expression de Declan se durcit. Il avait été momentanément sur le point de s'ouvrir, puis s'était à nouveau fermé. Il regarda Lori d'un air circonspect.

– Bon, salut !

– Salut ! chuchota Lori, après un moment de silence.

Elle les compta : il lui avait exactement adressé treize mots. C'était toujours ça…

15. Qui est cet homme ?

Josh avait voulu arriver tôt au lycée pour être l'un des premiers à voir les animaux accrochés au panier de basket. Malheureusement, ses parents s'y étaient rendus plus tôt pour assister à une réunion concernant Kyle – comme de bien entendu. Quant à Lori, elle n'avait pas pu l'emmener, car il n'y avait plus de place dans sa voiture pleine d'affiches et de tracts appelant à voter pour Kyle. Finalement, il avait dû se résigner à prendre le bus et avait passé les onze minutes qu'avait duré le trajet à trépigner, excité à l'idée de ce qui l'attendait à l'école.

Il devait y avoir foule près du gymnase. Josh avait envie de bousculer tout le monde pour être le premier à sortir du bus, mais il se retint et sortit lentement du véhicule en restant dans la file. Une fois dehors, il piqua un sprint jusqu'au lycée. Les peluches étaient encore suspendues au panier de basket. L'un des concierges, M. Frank, apportait une échelle pour les décrocher.

– Génial, murmura Josh.

Un tas d'élèves étaient en train de sortir du gymnase. Ils avaient déjà vu les animaux. La blague de Josh était un succès.

– C'est incroyable, dit une fille à voix basse, à côté de lui. Cela fait moins d'un jour qu'ils étaient exposés dans la vitrine. Hooper va être furax. J'ai hâte de voir sa tronche…

– C'est vraiment dingue ! renchérit un garçon.

– Qu'est-ce qui se passe ? murmura Kyle en se glissant à côté de Josh. Est-ce que ce sont les animaux qui se trouvaient dans l'entrée ? demanda-t-il en apercevant l'éléphant et l'âne.

– Ouais, dit Josh, qui tentait de masquer sa jubilation. Ce sont les petits chéris de Hooper.

– Pourquoi les a-t-on suspendus comme ça ? C'est ridicule ! dit Kyle interloqué, en se grattant la tête.

Josh lui jeta un regard furibond. De quoi se mêlait-il ?

– Je me demande qui a fait ça ? dit un garçon vêtu d'un tricot à voix haute. Je pensais que les vitrines étaient très bien protégées.

– En tout cas, j'aimerais bien lui serrer la main, dit un grand élève de terminale, en passant ses mains dans ses cheveux sombres et courts. Tous ceux qui font de sales coups à Hooper sont mes amis.

– Comment s'y est-il pris ? murmura une fille aux longs cheveux blonds, dont le nez était orné d'un minuscule anneau argenté. J'ai un faible pour les bad boys.

Josh se mordit les lèvres pour ne pas cracher le morceau. Il avait envie de raconter à tout le monde son exploit et de préciser qu'il l'avait réalisé tout seul. *Calme-toi*, se dit-il. Avouer la vérité maintenant serait stupide. Il regarda tranquillement le gardien décrocher les animaux, qui tombèrent sur le sol. Tout le monde applaudit.

Owen, un garçon de sa classe, s'approcha de lui.

– Hooper est hors de lui. Je l'ai entendu dire que celui qui avait fait ça allait avoir de gros ennuis.

– Il faut que cela figure à la une, lança Cynthia Schwartz, la rédactrice en chef du journal du lycée. Elle mitrailla les peluches avec son appareil photo numérique. Tout le monde voudra des images.

Quand elle fut partie, Kyle regarda Josh.

– Je pensais qu'elle allait nous interviewer, les autres candidats et moi, et que nous serions en première page.

Josh se rengorgea.

– Je suppose que ce qui vient de se passer est beaucoup plus important, dit-il. Mais ne t'en fais pas, ajouta-t-il en tapotant l'épaule de Kyle. Je suis sûr qu'on va quand même vous interviewer. Vous serez en deuxième page…

La cloche retentit, et le concierge mit tout le monde à la porte du gymnase. Josh se dirigea vers son casier. Dans le couloir, tout le monde parlait du tour qu'il avait joué au directeur. En cours d'anglais, chacun y alla de son commentaire. Josh brûlait d'envie de dire qu'il était l'auteur du forfait.

Une fois assis, il sentit peser sur lui le regard d'Andy.

– Alors, lui dit-elle à voix basse, tu es content d'être la vedette ?

Josh lui lança un regard complice.

– Ouais. Encore que j'aimerais bien dire à tout le monde qui a fait le coup, lui confia-t-il avec un sourire.

– Promets-moi de ne pas faire un truc aussi bête, dit-elle, l'air effaré.

– Quel est l'intérêt d'avoir fait ça, si on ne peut le dire à personne ? rétorqua Josh, en haussant les épaules.

– Je suppose que le directeur va t'exclure si tu te dénonces, dit Andy en soupirant.

– Sans doute.

Andy était sur le point d'ajouter autre chose quand Justin Grave, qui était assis à côté d'eux, se rejeta en arrière sur sa chaise et se mit à tambouriner sur la table avec ses doigts.

– Vous savez ce que je viens d'entendre, dit-il aux élèves qui se trouvaient autour de lui. C'est Vin Thurman qui a fait le coup.

– Vin Thurman ? s'exclama Josh, furieux.

Justin hocha la tête.

– Il a raconté à tout le monde qu'il l'avait fait la nuit dernière. Il s'en vantait.

– J'ai entendu la même chose, dit Bethany Yates. Quelqu'un a dit qu'il avait rampé dans un conduit d'aération et déplacé un panneau pour accéder à la vitrine.

– Moi, j'ai entendu dire qu'il avait payé l'administration car il a un cousin dans la mafia, dit Brian Reeves.

– Vin est vraiment pas mal, dit Theresa Jennings en minaudant. Et, après ce truc de ouf, il va vraiment avoir la cote auprès de toutes les filles.

Josh eut l'impression que sa gorge le grattait, comme s'il allait avoir une allergie. Vin était en première. Il était loin d'être un élève modèle, il bavardait tout le temps en cours et ne faisait jamais ses devoirs. Le casier de Josh avait été à côté du sien lorsqu'ils étaient au collège. Vin ne se rappelait presque jamais son code. Josh n'avait pas envisagé une seule seconde cette éventualité, celle que quelqu'un d'autre se présente comme l'auteur de la farce. Et si tout le monde gobait ce bobard ? Dans ce cas, ce serait Vin qui aurait toutes les filles à ses pieds et tout le prestige. Josh se ferait une fois de plus rouler dans la farine.

Il sentit qu'Andy le regardait.

– Je sais à quoi tu penses, murmura-t-elle. Ne le fais pas !

– Tais-toi !

– Quelqu'un a dit qu'il avait déjà été convoqué dans le bureau du directeur, poursuivit Theresa.

– Ouais, mais il a affirmé qu'ils n'arriveraient pas à le coincer, parce qu'il était trop fort pour eux.

– Je me demande s'il a une petite amie en ce moment, dit Bethany d'un air rêveur.

Josh déglutit avec difficulté et agrippa sa table pour ne pas tomber à la renverse. Soudain, il ne put plus se contenir. Il avait l'impression d'être au bord d'une falaise, une corde passée autour du pied comme s'il était prêt à faire un saut à l'élastique. Oui, c'était ça. Il pouvait sauter... ou renoncer. Mais il avait envie de sauter.

– L'administration ne parviendra jamais à lui mettre ce coup sur le dos, parce qu'il n'y est pour rien, dit Josh à Justin. Quel est ton numéro de portable, Justin ?

Ce dernier le lui donna. Josh chercha la photo qu'il avait prise la nuit dernière sur le sien. Il composa le numéro de Justin et la lui envoya. Du coin de l'œil, il vit Andy blêmir. “Que fais-tu ?” articula-t-elle silencieusement.

Lorsque les camarades de Josh virent le cliché, ils restèrent bouche bée.

– C'est toi qui as fait le coup ? demanda Justin.

– Ce sont vraiment les mascottes ? demanda Bethany, l'air abasourdi.

– Alors, dans ce cas... Vin ment, dit Theresa.

Andy secoua la tête, incrédule.

– Tu es le garçon le plus stupide qui soit ! s'exclama-t-elle.

– Non, le plus dégourdi, répliqua Josh en se frappant la poitrine. Je me suis débrouillé pour prendre les animaux dans la vitrine et les accrocher au panier de basket. Et contrairement à ce qu'on croit, je n'ai pas eu à payer l'administration ou à ramper dans un conduit d'aération. Je ne pouvais pas laisser quelqu'un d'autre s'en attribuer le mérite.

Andy lui jeta un regard furieux.

– Tu essaies de te faire prendre, hein ? Tu veux qu'ils te punissent afin qu'on s'intéresse à toi ?

– Tu es complètement folle ! s'exclama Josh – il indiqua d'un geste tous ses amis. Personne ne le saura. Ils ne diront rien !

Mais en moins d'une minute, Theresa raconta tout à trois filles assises derrière elle, Justin, lui, envoya un SMS, Bethany griffonna toute l'histoire sur un bout de papier qu'elle lança à une élève installée au fond de la salle. Celle-ci déplia le mot, le lut, jeta un regard admiratif à Josh et passa le message à quelqu'un d'autre.

Andy secoua la tête d'un air désapprobateur.

– Ça va être ta fête, Josh. Tu ne pourras pas dire que je ne t'avais pas prévenu !

À la fin de la cinquième heure de cours, alors que tous se hâtaient de se rendre à l'auditorium pour écouter les discours électoraux des candidats, la nouvelle avait fait le tour du lycée. Tout le monde savait que ce n'était pas Vin qui était l'auteur du forfait, mais Josh. Justin avait envoyé la photo que celui-ci lui avait adressée à un tas d'autres personnes. Josh savait qu'il risquait d'avoir de gros ennuis, mais il n'était pas prêt à nier les faits pour autant. Il était tellement heureux de voir des élèves s'approcher de lui, lui taper sur l'épaule et lui dire qu'il avait bluffé tout le monde. C'était ce que Kyle devait ressentir tous les jours. C'était si agréable d'être sous les feux des projecteurs ! Josh n'avait aucune envie de se retrouver à nouveau dans l'ombre.

Il longeait l'une des allées latérales de l'auditorium, cherchant une place libre, lorsque tous les élèves se retournèrent et l'ovationnèrent. Il leva les mains et les salua, puis il fit une profonde révérence. Lorsqu'il s'assit, un bout de tissu rouge atterrit sur ses genoux. En le prenant, il se rendit compte qu'il s'agissait du short de gym d'une fille. Il se leva et le fit tournoyer en l'air. Toute la salle applaudit à nouveau.

Quand les candidats montèrent sur scène, Josh entendit scander son nom : “Tra-ger ! Tra-ger !” Puis Kyle s'approcha du micro, stupéfait. *Il s'imagine qu'ils l'acclament*, pensa Josh avec une immense satisfaction. Il se leva et fit un salut exagéré. Alors qu'il se rasseyait, il vit Kyle regarder le public d'un air déconcerté.

– Silence, dit M. Davis en donnant une tape sur le micro. C'est Kyle Trager qui prendra la parole en premier.

Mais les clameurs continuèrent. Toute l'assistance frappait du pied et applaudissait, sans prêter attention aux trois candidats, quand, tout à coup, Josh remarqua que certains professeurs étaient en train de se murmurer quelque chose à l'oreille. Puis Mme Gates, qui dirigeait la chaire de biologie, sortit par une porte de derrière et se dirigea vers le bureau du directeur. Tout le monde fixait Josh. La liesse qu'avait suscitée son exploit tournait au cauchemar tant elle semblait incontrôlable. Les lycéens lui criaient de prendre la parole... et il y avait des professeurs partout.

Josh sentit une main sur son épaule.

– Josh.

C'était M. Bates, l'assistant du directeur. Josh se leva, sans prendre la peine de demander ce qu'il avait fait. La foule se mit à siffler lorsqu'il sortit de la salle derrière M. Bates. Il observa à nouveau Kyle. Son frère adoptif regardait l'assemblée sans rien comprendre. Josh se sentit coupable. Ce n'était peut-être pas le moment idéal pour lui voler la vedette.

Les portes de l'auditorium claquèrent, et Josh se retrouva à nouveau dans l'entrée. Puis il entendit une voix familière lui demander :

– Josh, comment as-tu pu faire ça ?

Il leva les yeux et vit son père et sa mère devant le bureau du principal. Manifestement, ils étaient déjà au courant. Il haussa les épaules, fixant amèrement le sol. Le directeur ouvrit la porte, et, sans dire un mot, Josh suivit ses parents à l'intérieur.

16. Une douce musique à leurs oreilles

Tout était allé si vite : les élèves qui avaient crié son nom, M. Bates qui avait fait sortir Josh de l'auditorium, les huées et les sifflements, le claquement des portes qui s'étaient refermées… M. Davis avait ensuite fait descendre Kyle de scène, en disant qu'il y avait de l'agitation dans la salle à cause d'un élève, et qu'on allait attendre que le calme revienne avant qu'il ne prononce son discours.

– Qu'est-ce qui se passe avec Josh ? demanda Kyle à Lori, qui l'attendait dans les coulisses.

Lori était rouge comme une pivoine.

– C'est lui qui a volé les mascottes de Hooper.

– Josh ? dit Kyle, l'air incrédule, en écarquillant les yeux.

– Je n'arrive pas à y croire, gronda Lori entre ses dents. Nous avons tellement travaillé pour ta campagne, et voilà qu'il fait n'importe quoi. Juste avant ton allocution. C'est complètement dingue !

Kyle réfléchit.

– Tu sais, je pourrais peut-être en toucher un mot dans mon discours.

Lori leva un sourcil étonné.

– Tu ne vas quand même pas dire : "Coucou, je suis le frère du garçon qui a volé les animaux, alors votez pour moi !" ou un truc dans ce genre-là, n'est-ce pas ? Parce que ce serait stupide… Ce serait s'abaisser au niveau de Josh…

– Ce n'est pas mon intention, dit Kyle. Ne t'inquiète pas !

Lori haussa les épaules.

– Après tout, c'est toi, le candidat.

Elle rajusta le col du polo de Kyle et le recoiffa avec les doigts.

– Je peux te maquiller un peu ? demanda-t-elle.

– Non ! s'exclama Kyle, horrifié. Les garçons ne se maquillent pas, pour autant que je sache !

Lori secoua tristement la tête.

– Cela changerait beaucoup, avec ces projecteurs. Ton front brillerait moins.

Kyle porta la main à son visage.

– J'ai le front qui brille ?

Lori eut un petit sourire. En réalité, Kyle avait une peau parfaite. Pas le moindre petit bouton... Mais elle se sentait tellement investie dans son rôle de directrice de campagne qu'elle voulait se montrer aussi active que possible.

– J'aurais dû apporter quelques cassettes de motivation, dit-elle. Maman en a dans son bureau. On peut y écouter des messages subliminaux. Ils te disent que tu es formidable, puissant et que tu vas influencer tous ceux qui sont assis dans cet auditorium.

– Pas besoin de ça, répondit Kyle en riant.

Tandis que M. Davis essayait de calmer les élèves, Kyle et Lori rejoignirent leurs adversaires et leurs directeurs de campagne respectifs. Kate le regardait avec pitié, en feuilletant la pile de papiers qu'elle avait dans les mains.

– Je comprends que tu te sentes un peu désarçonné après avoir vu ton frère sortir de la salle à cause de la bourde qu'il a commise, susurra-t-elle. Cela pourrait perturber le plus concentré des candidats.

Lori haussa les épaules.

– Kyle est confiant, dit-elle.

Elle n'avait jamais aimé Kate. Pendant toute la course aux élections, celle-ci avait essayé de pousser Kyle à abandonner.

– En fait, ajouta-t-elle, je pense que ce sera toi qui seras désarçonnée, lorsque tu entendras le discours de Kyle.

Kate leva les yeux au ciel.

– Quoi ? Tu parles de ce truc à propos de la récréation ? Ça n'intéresse personne… C'est comme s'il proposait de distribuer des jus de fruits et des biscuits et de remettre la sieste à l'ordre du jour… On n'est plus au jardin d'enfants !

Lori serra les dents. Il était évident que Kate voulait empêcher Kyle de parler de la récréation parce qu'elle était vexée de ne pas y avoir pensé.

– Ne l'écoute pas, Kyle, ronchonna-t-elle.

Kyle haussa les épaules.

– Je ne l'écoute pas !

Il se sentait un peu nerveux, mais également très excité. Il était impatient de faire partager ses idées. Il se retourna et regarda les rideaux en velours de la scène. Il y avait encore beaucoup de bruit dans l'auditorium. M. Davis tentait de ramener le silence en s'adressant à la salle dans le micro.

Kate et Brett entrèrent dans l'une des loges, laissant Kyle et Lori seuls dans les coulisses. Dès que M. Davis lui donnerait le signal, Kyle devait faire son entrée et prendre la parole. Il avait chaud à cause des projecteurs accrochés au-dessus de la scène. Une odeur de détergent au citron et de la poussière flottaient dans l'air. Lorsque son téléphone sonna, il sursauta. L'initiale T s'afficha sur l'écran de l'appareil. Il soupira et répondit, faisant semblant d'ignorer le regard interrogateur de Lori.

– Je suis au lycée, dit-il d'un ton ferme à Foss. Je ne peux pas te parler.

– Écoute, répondit Foss d'une voix qui semblait confuse, et qui résonnait comme s'il se trouvait dans des toilettes ou dans un hall de gare. J'ai été un peu dur avec toi l'autre jour. Je sais que tu as envie de réaliser certains projets, et qu'il y a des choses que tu ignores encore sur toi. Mais je continue de veiller sur toi. Tu le sais, n'est-ce pas ?

– Je viens de te dire que je ne pouvais pas te parler maintenant, répondit Kyle, qui refusait de se laisser attendrir par le ton amical de Foss – après tout, c'était sa vie, et il voulait la vivre comme il l'entendait. Je m'apprête à prononcer mon discours afin d'inciter les élèves à voter pour moi.

Foss soupira. Kyle sentit qu'il essayait de contenir sa colère.

– Je dois te parler ! Maintenant ! Est-ce que tu peux venir me voir ?

Kyle jeta un regard vers la scène. M. Davis donnait de petites tapes sur le microphone pour réclamer l'attention. Il se tourna vers Lori, qui grimaça et articula silencieusement : “À qui tu parles ?”

– Je suis occupé, répondit-il à Foss.

– C'est important.

– Ce que je fais l'est aussi, rétorqua Kyle.

– Tu préfères le lycée et cette stupide élection à nos séances d'entraînement ? demanda Foss, en haussant le ton. Il faut que tu changes tes priorités, Kyle. Je suis garé sur le parking de derrière. Rejoins-moi tout de suite !

Kyle regarda nerveusement de tous les côtés. L'auditoire s'était calmé, et il vit M. Davis se tourner vers lui et lui faire signe.

– Je suis désolé, je ne peux pas, répondit-il.

– Kyle… protesta Foss.

– Ce que je suis en train de faire me semble plus important, expliqua Kyle.

– Faisons une nouvelle tentative ! Voici notre premier candidat, Kyle Trager, annonça M. Davis d'une voix forte dans le micro.

Les applaudissements se déchaînèrent.

– Kyle ! s'écria Foss. Ne fais pas ça !

Mais Kyle avait déjà refermé son téléphone. Il fallait qu'il se présente. Il devait faire connaître ses idées. S'il ne le faisait pas, d'autres élèves seraient encore brutalisés. Le parc McKenzie ne serait jamais nettoyé. Cet endroit allait probablement même devenir encore plus dangereux. Et qui sait… il allait peut-être y avoir une tragédie, tout ça parce qu'il aurait eu peur d'agir. Foss le rappela immédiatement, mais Kyle régla son portable sur le mode Silencieux et le glissa dans sa poche. Il entra sur scène et écouta les applaudissements. Tout le lycée semblait s'être déplacé, et tous les yeux étaient braqués sur lui. M. Davis s'écarta du micro, et Kyle le régla à sa hauteur.

– Bonjour, dit-il à la foule.

Il déglutit et prit une profonde respiration. Il pensa à Adam. Peu de gens avaient cru en lui, mais il avait quand même essayé d'imposer ses idées. Il s'était battu pour ce qui comptait à ses yeux, et Kyle allait suivre son exemple.

– Je suis Kyle Trager, et quelqu'un, dont j'ignore le nom, a proposé ma candidature au poste de président-délégué, commença-t-il. Au début, je n'étais pas certain de vouloir assumer cette tâche. Mais, aujourd'hui, j'en suis sûr. Je considère que notre vie à tous au lycée pourrait être grandement améliorée.

Il dévisagea les élèves. Ils le regardaient attentivement. L'auditorium était bondé. Certains étaient appuyés contre le mur du fond, d'autres installés près des portes de sortie. Lorsqu'il regarda le premier rang, il vit Deichman, qui arborait un grand sourire. Amanda était assise juste à côté de lui. Si elle était pâle et ne manifestait aucune émotion, au moins, elle était là. L'excitation commença à le gagner – une excitation mêlée d'anxiété.

– Comme on le sait tous, quelqu'un a dérobé les mascottes du principal Hooper qui étaient exposées dans la vitrine de l'entrée, dit-il.

Il y eut un tonnerre d'applaudissements. Kyle remarqua que Lori, depuis les coulisses, lui faisait des signes de dénégation. "Qu'est-ce que tu fais ?" articula-t-elle. Lorsque le silence revint, il poursuivit :

– Je n'approuve pas ce vol. Les animaux étaient à leur place dans cette vitrine, car, ainsi, tout le monde pouvait les admirer. J'ignore ce qui a poussé l'auteur de ce forfait à commettre un tel acte, mais je pense qu'il devait être à bout. Nous travaillons tous d'arrache-pied et nous avons un emploi du temps très rigide. Chaque jour, nous devons donner beaucoup de nous-mêmes, que ce soit dans les matières scolaires, en sport ou… dans notre vie de tous les jours. Un jour, quelqu'un m'a dit qu'un esprit en activité devait aussi connaître ses limites. C'est pourquoi je propose que nous disposions de vingt minutes de temps libre supplémentaire après le déjeuner. Les élèves pourront faire ce qu'ils veulent, c'est-à-dire étudier, jouer au basket, discuter avec leurs amis… J'ai fait le calcul. Il faut simplement raccourcir chaque cours de trois minutes.

Il entendit un bourdonnement dans la salle. Certains élèves souriaient, d'autres avaient l'air dubitatif. Les professeurs semblaient plutôt mécontents, mais Kyle savait qu'il parviendrait à les convaincre. Il leur montrerait toutes les études prouvant que les élèves étaient plus attentifs lorsqu'ils bénéficiaient d'un temps de repos, que le renforcement positif et la valorisation les rendaient plus heureux et équilibrés. Il avait rassemblé une tonne de documents suffisants pour une thèse de doctorat.

– J'ai d'autres propositions à vous soumettre, bien sûr, poursuivit Kyle. Par exemple, l'instauration d'une journée où l'on pourrait préparer son propre repas à la cafétéria, l'interdiction du bizutage des classes de seconde et la création d'une option pour tous ceux qui refusent de découper des animaux en cours de biologie – il jeta un coup d'œil à Lori, qui était dans les coulisses, car elle lui avait dit qu'elle détestait les dissections. Je propose aussi d'organiser un festival de musique à la fin de l'année scolaire. On pourra y écouter toutes sortes de styles musicaux et d'instruments. Les musiciens pourraient non seulement se produire sur la pelouse de derrière, dans l'auditorium, mais également dans de plus petits endroits, comme les salles de musique ou au bar, près de la cafétéria. Ou même dans la bibliothèque…

Kyle observa la foule, et son regard s'attarda sur Amanda. Malgré elle, la jeune fille semblait enthousiaste, mais lorsqu'elle remarqua que Kyle la contemplait, elle détourna aussitôt les yeux.

– Nous pourrions faire payer l'entrée aux concerts, reprit-il. Avec l'argent récolté, nous ferions beaucoup de choses pour la communauté – par exemple, nettoyer le parc McKenzie. Aujourd'hui, il est dans un triste état, mais nous pourrions l'aménager pour que tout le monde puisse en profiter.

À sa grande surprise, les élèves se mirent à applaudir. Kyle resta sur scène. Il avait un sourire extatique. Ils aimaient ses idées. Il quitta la scène avec un merveilleux sentiment de bien-être.

– C'est du bon boulot, lui dit M. Davis lorsqu'il fut de retour dans les coulisses. Tu es un très bon orateur, Kyle.

– Merci, dit Kyle, surpris par sa propre performance.

– C'est vrai, ajouta Brett en lui adressant un sourire chaleureux. Je dois te présenter mes excuses. Je pensais que ton idée de récréation ne servait à rien, mais elle a son utilité.

– J'ai voulu essayer, dit Kyle.

M. Davis hocha la tête, pensif.

– C'est cela, diriger, dit-il. Saisir des occasions. Faire ce qui semble approprié.

Seule Kate se détourna, les bras croisés sur la poitrine. Elle regarda ses notes, fronça les sourcils, feuilleta quelques pages et serra les dents.

Kyle passa dans les coulisses et attendit que les battements de son cœur s'apaisent. Lorsque M. Davis annonça que c'était au tour de Kate de monter sur scène, il sortit son portable. Le symbole indiquant qu'il avait des messages clignotait. Foss l'avait rappelé à huit reprises pendant son discours. Son estomac se noua. Il éteignit son téléphone. Il n'avait aucune envie de régler ce problème maintenant.

17. La vérité finit toujours par éclater

Josh s'était retrouvé à plusieurs reprises dans le bureau de M. Hooper, mais il n'avait jamais eu l'impression que l'atmosphère y était aussi glaciale. Le directeur devait sûrement être un reptile à sang-froid, car, en dépit de la climatisation, deux ventilateurs étaient orientés vers lui et fonctionnaient en permanence. Son bureau était parfaitement propre et extrêmement bien rangé : ses crayons tous bien taillés étaient alignés dans l'ordre décroissant, et il avait mis des photographies de sa femme et de ses enfants qui souriaient à côté de son ordinateur. Sa famille semblait à peu près normale. M. Hooper, en revanche, était une sangsue qui martyrisait les élèves en leur donnant autant d'heures de colle qu'il était humainement possible de supporter.

Ses parents pénétrèrent dans la pièce, la démarche raide. Son père portait une chemise, un pantalon sombre et une cravate. Manifestement, il était venu directement du travail. Sa mère, elle, était vêtue d'une jupe rouge et d'un corsage blanc et arborait des chaussures à talons hauts. Ils s'assirent dans les fauteuils en cuir placés devant le bureau du principal. Josh resta debout.

Sa mère lui jeta un regard furieux.

– On nous a appelés cet après-midi pour nous dire que tu avais volé des objets appartenant au lycée. J'ai protesté en affirmant que tu ne ferais jamais une chose pareille. Mais le directeur m'a envoyé un cliché qui provenait manifestement de ton portable, dit-elle en brandissant le sien. Est-ce que tu peux me donner une explication ?

– Oh ! il a déjà fourni toutes les explications nécessaires, dit M. Hooper d'un ton sarcastique, en fermant la porte et en s'installant derrière son bureau – les ressorts de son fauteuil grincèrent. Il a raconté à tout le monde ce qu'il avait fait. Il y a même une photo qui circule avec les deux animaux suspendus au panier de basket dans le gymnase. Tu es fier de toi, Josh, on dirait ?

– Ce n'est pas tout à fait exact, balbutia Josh en fixant ses chaussures. Je n'ai fait circuler aucune photographie. C'est quelqu'un d'autre qui l'a fait.

– Oui, mais tu as raconté tes exploits à qui voulait bien les entendre, souligna M. Hooper. En fait, tu avais envie qu'on le sache.

– Je ne voulais pas que quelqu'un d'autre s'en vante, répondit Josh en haussant les épaules.

Sa mère ferma les yeux. Elle semblait au comble du désespoir. Son père poussa un long soupir.

– Pourquoi as-tu fait ça, Josh ?

Josh se tortilla, mal à l'aise. *Pour que tout le monde sache que c'est moi qui ai fait le coup. Parce que personne ne m'a jamais acclamé comme ça, et parce que c'était fantastique*, se dit-il en son for intérieur. Mais il savait pertinemment que ce n'était pas la réponse que ses parents souhaitaient entendre.

– Je ne sais pas pourquoi. Pour me distraire, sans doute.

– Simplement pour te distraire ? répéta son père. Pourquoi ? Tu t'ennuyais tant que ça ?

– Je ne sais pas, dit Josh en se grattant le crâne. C'était stupide, je sais, c'est vrai.

– Ça, pour être stupide, c'était stupide ! s'exclama son père en passant la main dans ses cheveux. Tu le savais et, pourtant, ça ne t'a pas empêché de le faire. Je n'arrive pas à croire que nous soyons là pour ça.

Josh resta bouche bée. C'était comme si son père venait de lui asséner une gifle.

– Désolé, je vois que je suis un fardeau pour vous, lâcha-t-il, sentant que ses oreilles rougissaient sous l'effet de la colère. Je me rends compte que vous avez des choses plus importantes à faire dans la vie que de vous occuper de moi, et que je suis sans doute en dernière position sur la liste de vos priorités. Je suis même surpris que vous vous soyez dérangés. Je pensais que vous vous fichiez éperdument de moi.

Ses parents eurent l'air stupéfait. Ils échangèrent un coup d'œil, puis le fixèrent à nouveau.

– Quoi ? finit par dire sa mère.

Josh sentit que sa nuque était trempée de sueur, et que son cœur battait très fort. Mais il n'était plus question de reculer. S'il ne disait pas tout ce qu'il avait sur le cœur maintenant, il ne le ferait jamais. Il montra du doigt un badge sur lequel était écrit : "Votez pour Kyle !" sur le bureau du directeur. Même ce dernier était du côté de son frère adoptif.

– Je suis même étonné que vous vous rappeliez que je vais au lycée ! Je suis surpris qu'on se souvienne encore de mon prénom depuis que Kyle est de retour, et qu'il joue les vedettes !

Ce fut au tour de ses parents d'avoir l'impression de recevoir une claque. M. Hooper tournait la tête de gauche à droite, essayant de ne pas perdre le fil.

– Qu'est-ce que Kyle a à voir là-dedans ? articula sa mère avec peine.

Elle eut l'air de comprendre au moment même où elle prononçait ces paroles.

Son père passa sa langue sur ses lèvres, gêné.

– Mais enfin, Josh... Kyle a eu beaucoup de problèmes. Il avait donc besoin qu'on veille sur lui. Mais cela ne signifiait nullement que...

– Et comme il est candidat au poste de président-délégué, tout le monde s'intéresse à lui, expliqua sa mère. Cela ne veut pas dire qu'on l'aime plus que toi.

– Ça suffit, dit Josh en donnant un coup de pied si violent dans le bureau de M. Hooper qu'il craignit de s'être luxé un orteil. Je n'ai pas besoin de votre sollicitude. Je m'en moque.

Son visage était écarlate. Il essayait de se concentrer sur les lacets de ses chaussures, de peur de se mettre à pleurer s'il levait les yeux. Le plus ennuyeux, c'était qu'Andy avait peut-être raison : il s'était sans doute lancé dans cette aventure parce qu'il se sentait frustré depuis que Kyle était le centre de toutes les attentions. Ça avait été génial d'entendre tous les élèves scander son nom, et il s'était senti au comble de l'extase quand une fille lui avait lancé son short rouge. De même, c'était formidable que ses parents soient là, et qu'ils se soucient de lui... Il leur avait également dit combien il s'était senti délaissé dernièrement, et qu'ils se comportaient comme de parfaits imbéciles, à l'instar des autres habitants de Seattle qui connaissaient Kyle.

Il espérait que ses parents allaient continuer à se justifier et à le sermonner, mais tous deux restèrent silencieux. Josh écouta pendant une minute le tic-tac de l'horloge sur le mur, avant que son père pousse un profond soupir.

– Je suis désolé que tu aies pu penser tout cela, Josh, dit-il.

– Nous n'avions pas conscience que nous nous comportions ainsi, murmura sa mère. Il n'y a donc rien d'étonnant à ce que tu aies fait preuve d'autant d'imprudence pour nous ramener à la réalité.

Josh leva les yeux, stupéfait. Voilà que ses parents s'excusaient ? Est-ce que sa thérapeute de mère commençait à saisir ce qu'il ressentait et à réaliser que tout ça, c'était sa faute ?

Super.

Sa mère regarda le directeur.

– Nous avons adopté Kyle il y a peu de temps et nous avons tout fait pour qu'il s'adapte à sa nouvelle vie. Nous en avons peut-être trop fait, dit-elle en se tournant cette fois vers Josh. Cela ne signifie pas pour autant que tu aies eu raison de commettre un tel acte. N'as-tu rien à dire au directeur, Josh ? Il n'a rien à voir dans cette histoire.

Josh regarda à son tour M. Hooper. Si celui-ci semblait attendre quelque chose, il avait également l'air déçu. Sa mère avait malheureusement raison : même si le principal était assommant, il n'était pas responsable de ses problèmes.

– Je m'excuse, balbutia-t-il.

– J'accepte tes excuses, dit M. Hooper. Mais tu as commis un acte répréhensible, Josh. Il est hors de question que les élèves pensent que nous tolérons ce genre de comportement. Me comprends-tu ?

Josh hocha la tête de manière presque imperceptible.

Le directeur rangea les papiers sur son bureau, en disant :

– Tu feras des heures de colle sous la surveillance de Madame Green. Tu devras aussi effectuer des heures de travaux d'intérêt général pour le lycée après tes cours. Nous espérons que cela n'affectera pas ton travail scolaire.

Josh eut envie de gémir. Il n'y avait rien de pire que les heures de colle. Il allait avoir sur son dos Mme Green, qui pesait des tonnes et qui sentait le terreau et la gerbille. Parfois, lorsqu'elle voulait le mettre à la torture, elle écoutait des refrains de comédies musicales pendant qu'il essayait de faire ses devoirs.

Ses parents se levèrent et serrèrent la main du directeur. Ce dernier leur donna des formulaires à remplir, stipulant qu'ils comprenaient que Josh aurait des heures de retenue pendant deux semaines. Toutefois, il ajouta que celui-ci pouvait participer au barbecue qui était organisé à l'occasion des élections. Il venait juste de commencer. Josh ferait donc mieux de s'y rendre maintenant s'il voulait se mettre quelque chose sous la dent et profiter de ses derniers instants de liberté. Les heures de colle débuteraient lundi. Il était, bien évidemment, préférable qu'il n'ait plus aucun écart de conduite jusque-là. M. Hooper adressa un sourire las à Josh, qui le lui rendit. Le directeur n'était peut-être pas un si mauvais bougre puisqu'il le laissait assister au barbecue au lieu de le punir immédiatement.

Josh et ses parents sortirent lentement de la pièce, sans rien dire. Mais une fois que le directeur eut refermé la porte, et qu'ils furent seuls, le père de Josh lança un regard intrigué à son fils.

– Alors, ils étaient vraiment sous haute surveillance, ces animaux ? lui demanda-t-il.

– C'était une véritable forteresse, marmotta Josh.

– Comment tu t'y es pris alors ?

Josh regarda son père. Ses yeux brillaient comme s'il brûlait d'envie de le savoir.

– Je sais me déplacer sans faire de bruit, lui expliqua-t-il calmement. Et puis, j'ai appris beaucoup de choses lorsque j'étais en colle. Le gardien m'a fait nettoyer les vitrines. Il m'a appris à ouvrir les serrures.

– Tu aurais dû le dire au directeur, dit son père, en s'étranglant de rire.

– Stephen, ne l'encourage pas à faire de bêtises, dit Nicole en donnant une petite tape sur le bras de son mari.

– Je t'ai probablement raconté cette histoire de tête d'élan empaillée dont nous avons essayé à plusieurs reprises de mettre la main dessus ? dit Stephen d'un ton enjoué.

– Bien sûr, dit Josh.

– L'élan était dans le gymnase qui était surveillé par un gardien. Nous tentions toujours de nous faufiler à l'intérieur à son insu, mais nous n'y sommes jamais parvenus. On nous a toujours pris sur le fait. Tu aurais pu nous être précieux alors !

Josh redevint brusquement joyeux.

– Vraiment ?

– Bien sûr, lui murmura son père.

– Stephen, chuchota sa mère, en regardant par-dessus son épaule pour s'assurer que le directeur n'était pas sorti de son bureau et n'écoutait pas leur conversation. Tu ne m'as jamais dit que, toi aussi, tu avais essayé de voler cette tête d'élan.

– Tel père, tel fils, dit-il en jetant un coup d'œil amusé à Josh. Il n'en demeure pas moins que tu seras privé de sorties pendant très longtemps.

– Je sais, je sais, maugréa ce dernier.

Mais en voyant le visage de ses parents, il comprit que la punition qui l'attendait ne serait pas si pénible que ça. Finalement, il valait peut-être mieux dire la vérité.

18. Sœurs pour toujours

Jessi se tenait devant le portail du lycée. Emily travaillait, comme d'habitude. Elle lui avait dit de ne pas bouger de la maison, mais Jessi avait des choses importantes à faire.

Elle balaya la cour du regard. Plein d'élèves s'affairaient autour des barbecues, comme le soir de la semaine précédente où elle était allée à la fête. Au fond se dressait un podium orné de banderoles rouges, blanches et bleues et de drapeaux américains et de ceux du lycée. Sur l'estrade... qui était vide, il y avait deux micros. Sur une bannière tendue au-dessus, on pouvait lire "Fête des élections".

Il y avait beaucoup de monde. Il devait donc s'agir d'un événement important. Jessi fouilla dans sa mémoire et se souvint du garçon qui l'avait abordée au café l'autre jour, en lui donnant un badge sur lequel était écrit: "Votez pour Kyle." Il lui avait dit que les élections avaient lieu aujourd'hui – ce qui expliquait peut-être toute cette agitation. Elle observa la foule, à la recherche d'une personne en particulier. Elle n'était pas certaine d'arriver à reconnaître Kyle. Elle n'avait vu que sa photo sur une affiche. Elle s'approcha de plusieurs garçons bruns, mais lorsqu'elle leur tapa sur l'épaule et qu'ils se retournèrent, elle constata qu'elle s'était trompée.

Cherchait-elle vraiment Kyle? Elle l'ignorait. Elle ne savait pas ce qu'elle désirait au juste: elle n'avait aucune idée précise en tête. Elle voulait simplement parler à quelqu'un pour voir si elle pouvait comprendre ce qui ennuyait Emily. Toutes les sœurs étaient-elles aussi bizarres? Avaient-elles toutes des secrets?

Alors qu'elle tentait tant bien que mal de se frayer un chemin, elle se sentit de moins en moins sûre d'elle. Une fille traversa la cour et s'arrêta pour serrer la main d'un adulte. Jessi remarqua qu'elle portait un gros sac rempli de badges "Votez pour Kyle !".

Jessi l'observa. Elle encourageait les élèves d'un geste à passer une porte de l'établissement sur laquelle figurait l'inscription : "Votez ici !". Soudain, elle se retourna, et son regard se posa sur Jessi. Elle plissa les yeux d'un air menaçant. Jessi fit un pas en arrière, comme si elle avait été giflée. La fille lui fit un signe de tête pour lui indiquer les arbres. Jessi n'en était pas sûre, mais elle avait l'impression qu'elle lui disait qu'elle n'était pas la bienvenue. Qu'elle devait partir.

Pourquoi n'aurait-elle pas eu le droit d'être là ? Faisait-elle quelque chose de mal ? Elle recula de quelques pas. Son cœur battait la chamade. Elle se faufila entre les élèves et emprunta l'allée qui menait vers les bois. Lorsqu'elle atteignit l'orée de la forêt, elle regarda en arrière, mais la fille avait disparu dans la foule.

19. Tout vient à point...

Kyle était au lycée en train d'ôter ses affiches et de ranger ses badges. Les candidats devaient, en effet, enlever tous les objets de promotion de leur campagne avant la fin de la journée. Kyle avait préféré prendre les devants. Le pique-nique avait commencé, et l'odeur du barbecue avait envahi le hall d'entrée de l'école, qui était déserte à cette heure. Kyle savait qu'en ce moment même, les élèves étaient en classe de géographie, située à l'extrémité de l'aile du département d'histoire, en train de mettre leurs bulletins dans l'urne. Il restait encore une demi-heure avant la fin des votes. Puis, M. Davis procéderait au décompte des voix. M. Hooper donnerait le nom des gagnants à la fin du repas.

– Tu es nerveux ? lui demanda Deichman, qui venait d'entrer dans le hall.

– Non, pourquoi ?

– Parce que tu n'es pas dehors avec les autres. Je pensais que tu t'étais trouvé une occupation pour ne pas penser aux élections.

– Tu as peut-être raison, dit Kyle en souriant.

– Je suis sûr que tu vas être élu, affirma Deichman.

Kyle lança un regard vers la salle de géo. Il avait été l'un des premiers à voter. Cela lui avait paru bizarre de mettre un bulletin portant son nom dans l'urne. Il pensait qu'il était un bon candidat... mais était-il le meilleur ? Il avait donc voté pour Brett, qui, lors de son discours, avait parlé d'améliorer la qualité du journal du lycée, de renforcer la sécurité dans l'établissement et pris fait et cause pour quelques-unes des équipes sportives les moins en vue et les moins populaires de l'école, comme celles de natation, d'aviron et de softball.

– Je ne crois pas que tous les élèves voteront pour moi, dit Kyle.

– Non, pas tous, seulement quatre-vingt-dix-neuf pour cent d'entre eux, répondit Deichman. Sérieusement, tous ceux à qui j'en ai parlé me disent que tu vas être élu, c'est sûr – il mit les mains dans ses poches. Je voudrais te remercier pour ton idée de récréation, ton projet de nettoyer le parc McKenzie et aussi pour vouloir mettre un terme au bizutage. Lorsque j'étais moi-même un bizut, un garçon du nom de Roger McMurty m'a cogné dessus parce qu'il était furieux de ne pas faire de basket. Mon seul tort a été de me trouver au mauvais endroit, au mauvais moment et d'être un crétin de nouveau. L'administration du lycée ne prête pas suffisamment attention à ce genre de violence que les élèves de seconde subissent. C'est pourquoi je te suis reconnaissant, et j'espère de tout mon cœur que tu vas gagner.

– Je suis ravi de savoir que tu me soutiens, dit Kyle d'une voix douce.

– Kyle va gagner, dit Lori qui surgit derrière eux. Et je serai peut-être pas étrangère à sa victoire puisque j'étais sa directrice de campagne, ajouta-t-elle en mettant les mains sur ses hanches. Que fais-tu donc ici, Kyle ? Va profiter du barbecue et t'amuser. Tu nettoieras après.

– C'est ce que j'étais en train de lui dire, dit Deichman.

Kyle passa nerveusement ses mains le long des fermetures Éclair de son sac à dos. Il ne savait pas vraiment pourquoi il était inquiet. Honnêtement, il se moquait du résultat : les deux autres candidats feraient de toute façon du bon travail. Il était content d'avoir pu exposer ses idées. Après son speech, beaucoup d'élèves lui avaient dit qu'ils les trouvaient excellentes. Malheureusement, Amanda n'était pas venue le voir, alors qu'il avait évoqué la création d'un festival de musique, et cela le perturbait. Il était, en effet, certain que ça ne pouvait pas la laisser indifférente. *Laissons le temps faire son œuvre*, se répétait-il. Il l'avait vue quelques minutes plus tôt. Elle avait traversé le hall d'entrée pour se rendre au pique-nique. Il avait eu terriblement envie d'aller lui parler, mais il n'avait pas voulu qu'elle prenne ses jambes à son cou, comme la dernière fois.

Mais s'il était aussi nerveux, c'était également pour une autre raison : une sensation étrange qu'il n'arrivait pas à s'expliquer. Il avait l'impression qu'on l'épiait depuis un hélicoptère ou derrière la vitre teintée d'une voiture. C'était peut-être parce que Foss n'avait cessé de le mettre en garde.

– Je vous promets que j'arrive dans une seconde. Pour l'instant, allez-y sans moi.

– D'accord, dit Lori, en tapotant le badge “Votez pour Kyle !” qu'elle avait accroché sur son blouson. Mais si tu n'es pas là dans deux minutes, je reviens avec une équipe de secours.

Une fois qu'ils furent partis, Kyle se mit à contempler l'une des affiches arrachées qui se trouvaient à ses pieds. Sur l'une d'elles, quelqu'un avait écrit :“Quel beau mec !” Kyle se demanda combien de personnes étaient passées devant dans la journée et combien les avaient regardées. Y en avait-il eu beaucoup ? À moins que personne n'y ait vraiment prêté attention ?

– Kyle.

Kyle leva les yeux. Son sang se glaça dans ses veines. Foss était devant lui.

– Tu n'es pas censé être là, siffla Kyle. Nous ne devons pas nous voir en public.

– Tu ne répondais pas à mes appels, dit Foss, l'air exaspéré. J'ai dû prendre un risque pour te parler – il pointa son doigt vers les affiches encore collées au mur. Tu es partout.

– C'était ma décision, rétorqua Kyle d'un ton bourru, tentant de l'écarter pour s'en aller.

Foss lui saisit le bras.

– Kyle. Arrête. Écoute-moi. Ce qui est fait est fait. Tu as eu ton heure de gloire en devenant l'une des vedettes du lycée. Mais tu dois te retirer de la course. Tu ne peux pas continuer.

– Adam, lui aussi, croyait en un idéal, dit Kyle. Il en était fier. C'est ce que dit son journal.

– C'est possible, mais il est mort avant l'heure. Avant d'avoir pu offrir au monde quoi que ce soit. Et pourquoi ? Parce qu'il s'est montré imprudent. Impatient. Chaque jour, je regrette de ne pas l'avoir assez surveillé, de ne pas avoir repéré le type qui l'a tué près de la maison. Adam n'a rien apporté à l'humanité, et tu ne lui apporteras rien non plus si tu persistes à vouloir jouer un rôle au sein du lycée.

– Pourquoi te fais-tu autant de soucis ? s'écria Kyle au comble de l'exaspération.

– J'ai laissé Adam mourir, hurla Foss. Je ne veux pas que tu meures, toi aussi.

La colère envahit Kyle.

– Tu n'es pas mon père. Tu ne me dois rien. Laisse-moi vivre tranquillement.

Foss recula. Le silence régnait dans le hall d'entrée.

– Je sais que tu es furieux, dit Foss calmement. Mais réfléchis, Kyle. Est-ce vraiment contre moi que tu l'es ?

– Et contre qui devrais-je l'être ? demanda Kyle d'un ton sec.

Foss fixa Kyle sans répondre. Soudain, son téléphone sonna. Il le sortit de sa poche, vérifia qui l'appelait et remit l'appareil à sa place.

– Je dois partir, dit-il.

Il se dirigea rapidement vers la sortie. Kyle se pencha au-dessus de la fontaine, essayant de rassembler ses esprits. Comment pourrait-il faire le bien de l'humanité s'il restait caché ? Comment pouvait-il faire ce dont il avait envie sans révéler ses talents ?

Le journal d'Adam était toujours dans son sac. Il le prit et s'assit dans l'entrée, l'ouvrant aux dernières pages. L'écriture d'Adam était plus petite et plus serrée que d'habitude. Elle semblait aussi moins soignée, comme s'il s'était dépêché de jeter ses pensées sur le papier.

"J'ai pris conscience de quelque chose aujourd'hui, écrivait-il. Quelque chose dont j'aurais dû prendre conscience il y a bien longtemps. Je suis différent. Et je le serai toujours... si bien que personne ne me comprendra jamais. On essayera toujours de m'utiliser à des fins sordides. Je ne sais même plus à qui je peux encore me fier. Ce n'est qu'une question de temps avant que quelqu'un ne tente de me tuer. J'ai peur... si peur. Je ne suis pas sûr d'avoir fait les bons choix."

Le passage s'arrêtait ainsi. Il n'y avait que quelques gribouillis sur la ligne suivante. Adam n'avait pas mis de date. Kyle ignorait donc quand ces notes avaient été rédigées. Son estomac se noua. Que s'était-il passé pour qu'Adam en arrive à cette conclusion ? Savait-il que les gens de Zzyzx le recherchaient, comme Foss le lui avait affirmé ? Pourquoi ne le lui avait-il pas expliqué ? Pourquoi lui avait-il révélé ses secrets au compte-gouttes ? Pourquoi ne lui avait-il pas tout raconté d'un coup ?

Kyle pensa au jour où Adam avait été assassiné. Impuissant, il l'avait regardé s'écrouler. Il se rappelait qu'il s'était dit : *Ne meurs pas, je t'en supplie. Ne meurs pas. Tu dois encore m'apprendre tant de choses. Je ne sais rien.*

Mais il n'avait rien pu faire pour empêcher cette tragédie.

Kyle referma le journal. Adam n'était plus et, aujourd'hui, une très lourde responsabilité pesait sur ses épaules. Adam était mort avant d'avoir pu lui dire tout ce qu'il savait.

“Mais réfléchis, Kyle, lui avait dit Foss. Est-ce vraiment contre moi que tu es colère ?”

Soudain, cette colère dont parlait Foss le submergea. Il s'en voulait de n'avoir pu ramener Adam à la vie. Il avait été le premier qui lui avait donné des réponses à ses questions. Il était tellement plus facile de s'en prendre à Foss, car celui-ci était bien vivant. Kyle se gratta la tête, ayant l'impression de se réveiller après un long rêve. Foss n'essayait pas de surveiller ses moindres faits et gestes ou d'entraver sa liberté. Il suivait seulement à la lettre les vagues instructions que lui avait laissées Adam et il s'efforçait de protéger Kyle.

Le jeune garçon glissa le journal dans son sac, perdu dans ses pensées. Soudain, ses doigts tombèrent sur un objet inconnu. Il le sortit et le regarda. Il était petit, en argent et avait une forme circulaire. Il n'était pas plus gros et pas plus épais que l'extrémité de son pouce. Une lumière clignotait au centre. Kyle plissa les yeux, puis son cœur s'emballa. Il ne savait pas ce que c'était, mais cela ne lui appartenait pas. Il eut un mauvais pressentiment.

Il se rendit aux toilettes des garçons et se pencha au-dessus d'un des lavabos. Il ignorait qui avait pu le mettre dans son sac et pourquoi. Il sortit son téléphone et composa le numéro de Foss, mais ce dernier ne lui répondit pas. Il regarda d'un air interdit son reflet dans la glace, essayant d'y voir plus clair. Foss avait peut-être raison. L'élection était peut-être un piège. Quelqu'un le surveillait.

L'objet métallique ne fit presque pas de bruit lorsqu'il le jeta dans la poubelle. Kyle referma son sac et retourna dans le hall d'entrée. Il avait commis une erreur monumentale, mais tout n'était pas encore perdu. Kyle espéra qu'il arriverait à arrêter la machine à temps, et qu'il n'était pas trop tard.

20. Quand les rôles s'inversent

Lorsqu'elle eut la sensation du devoir accompli, celui d'avoir encouragé la plupart des élèves à voter pour Kyle, Lori s'assit sur un banc, près de l'un des barbecues, et observa M. Haines, l'un des professeurs d'éducation physique, faire la démonstration de ses talents de cordon-bleu. Avec son tablier à rayures et son gant de cuisine en forme de cochon, il était ridicule. Il montrait à des garçons de seconde comment il retournait les steaks hachés. Mme Reardon, un professeur de géométrie, remplissait un grand saladier en plastique avec des chips, et M. Casey, qui enseignait la photographie, préparait un punch. Lori se demandait si quelqu'un n'allait pas y verser de la drogue.

Quelqu'un s'approcha d'elle. Lori frissonna. Est-ce que c'était la fêlée ? Elle l'avait vue au pique-nique fixer les élèves. Josh surgit devant elle et se laissa tomber sur l'herbe.

– Quoi de neuf? demanda-t-il.

– Tu as voté ? demanda sa sœur d'un ton acerbe.

Josh leva les yeux au ciel.

– Oui, oui ! dit-il d'une voix de fausset.

– Je dois avoir un œil sur vous tous, bandes de fainéants. C'est le rôle d'une directrice de campagne, ajouta-t-elle en le regardant d'un air circonspect. Au fait, pourquoi est-ce que tu as volé les mascottes de Hooper ?

Josh déglutit. Son regard tomba sur un panneau posé sur un arbre, non loin de là, sur lequel était écrit : "Ne pas fumer, pas de chewing-gum, ne pas s'allonger, ne pas dégrader les lieux."

– Je ne sais pas, c'était stupide, répondit-il.

– Évidemment que c'était stupide ! grogna Lori.

– Les parents m'attendaient dans le bureau de Hooper, poursuivit Josh.

Lori plaqua une main sur sa bouche.

– Est-ce qu'ils étaient fâchés ?

Josh haussa les épaules.

– On peut le dire. Je suis privé de sorties jusqu'à la fin de ma vie.

– Pourquoi est-ce que tu as fait ça ?

Josh poussa un long soupir. Tout ça lui paraissait idiot maintenant.

– C'est une longue histoire, dit-il enfin. Disons que j'essayais juste d'attirer l'attention.

Lori renifla. Toute l'existence de Josh ne se résumait-elle pas à vouloir attirer l'attention ? Il avait toujours l'impression d'être mal-aimé. Elle tapota le genou de son frère.

– Et, voilà, ça se retourne contre toi.

Elle jeta un regard de l'autre côté de la cour, vers la multitude d'élèves qui s'étaient agglutinés juste après l'aire réservée au pique-nique. Charlie Tanner était appuyé contre un parking à vélos et discutait avec quelqu'un qu'elle ne voyait pas. C'était probablement Hillary. Lori ne l'avait pas vue depuis le début du barbecue. Elle était probablement obnubilée par Charlie, et, du coup, plus rien d'autre ne comptait.

Lori continua d'observer Charlie. Il respirait tellement l'hypocrisie qu'il était évident qu'il n'était pas sérieux. Cela se voyait comme le nez au milieu de la figure. Lori voyait clair dans son jeu. D'habitude, Hillary se montrait plus lucide... Elle se demanda pourquoi cette fois son amie était aussi aveugle. Peut-être lui avait-elle trouvé des qualités que Lori, elle, n'avait pas remarquées. Peut-être réussirait-elle à le faire changer de comportement.

Soudain, il y eut un léger mouvement de foule, ce qui permit à Lori de voir avec qui bavardait Charlie. Elle en resta bouche bée. Il ne parlait pas avec Hillary, mais avec une fille aux cheveux blond vénitien. Elle était petite et avait des couettes. Elle portait une minijupe en jean et un T-shirt rose si moulant qu'on avait l'impression qu'elle ne pouvait pas respirer. Charlie lui caressa le visage, puis se pencha vers elle pour lui donner un baiser sur la joue.

Lori en eut la nausée. Puis, tout à coup, elle remarqua qu'Hillary descendait les marches du lycée. Elle était vêtue d'une robe grise courte, de collants noirs et de jolies bottes noires. Elle cherchait Charlie du regard, un sourire confiant sur le visage. Lori se leva, décidée à l'empêcher de voir ce qui se passait… mais il était trop tard. Elle sut exactement à quel moment son amie aperçut Charlie. Elle eut d'abord l'air perdu. Puis agacé. Puis en colère. Enfin, elle sembla sur le point d'éclater en sanglots.

Lori courut vers elle et lui prit la main.

– Hillary, viens ! Il faut qu'on discute.

Elle tenta de l'entraîner.

Hillary la regarda et comprit que Lori avait assisté à la scène. Elle se détourna et s'élança maladroitement vers un banc situé à proximité. Elle gardait obstinément le regard fixé vers les bois.

Lori demeura immobile dans l'allée, au milieu d'une foule d'élèves. Elle envisagea de laisser Hillary toute seule – après tout, celle-ci n'avait guère été à son écoute ces derniers temps. Mais elle hésita. Elle se rappela ce qu'elle avait éprouvé lorsque Declan lui avait annoncé qu'il voulait rompre. Elle avait cru qu'elle se liquéfiait. Elle avait oublié comment on respirait, comment on marchait et même comment on pensait. Elle savait qu'Hillary aurait besoin d'elle.

Son amie n'avait laissé que peu de place sur le banc ; elle s'était allongée dessus, complètement repliée sur elle-même, et avait posé son sac à côté d'elle.

– Ça va ? demanda Lori en s'asseyant.

Hillary ne dit rien pendant un long moment. Elle ne bougeait pas. Elle était comme éteinte. Finalement, elle leva les yeux. Ils étaient rouges, et son visage était bouffi, tant elle avait pleuré.

– Je parie que tu vas me dire que tu m'avais prévenue, dit-elle à Lori, avec un rire amer.

– Pas du tout, dit Lori doucement. J'ai été tout aussi surprise que toi.

Toutes deux se mirent à observer Charlie. Il continuait de parler avec la même fille, en se frottant d'une façon indécente contre elle.

– Elle n'a rien dans le crâne. Mettre une minijupe alors que nous sommes presque en hiver, c'est n'importe quoi, dit Hillary d'un ton moqueur en reniflant. Quelle cloche !

– Les cloches attirent les cloches, je suppose, soupira Lori.

Elle ramena ses genoux contre sa poitrine.

– Honnêtement, je commençais à penser que toi, tu réussirais à le faire changer. Mais je crois qu'il n'y a rien à faire !

– Ce que j'ai pu être stupide, soupira Hillary. D'habitude, j'ai un meilleur flair !

– Un meilleur flair ? répéta Lori en riant.

– Oui, tu sais, un flair pour repérer les menteurs.

– Ah, oui ! dit Lori, en repoussant une mèche qui tombait sur ses yeux. Peut-être que ton flair était détraqué cette semaine.

– Peut-être.

Elles gloussèrent, et Hillary regarda Lori d'un air contrit.

– J'étais complètement obsédée par lui, non ? demanda-t-elle.

– Mais non, répondit vivement Lori.

Elle sentit qu'Hillary la dévisageait.

– Bon, d'accord. Peut-être un peu... dit-elle. Du moment que tu ne recommences plus jamais, jamais, je te pardonne.

– Promis, dit Hillary.

Elles se serrèrent la main, et Lori sentit que tout était redevenu comme avant entre elles. Hillary jeta de nouveau un coup d'œil de l'autre côté de la cour.

– Oh, oh ! ajouta-t-elle. On dirait que notre petite cloche le trouve un peu trop entreprenant !

Lori suivit son regard. La blondinette s'était écartée de Charlie et le fixait d'un air dégoûté. Elle chuchota à l'oreille d'une de ses copines, qui éclata de rire. Charlie se pencha pour mieux entendre ce qu'elle disait, mais elle recula encore.

– C'est bien fait pour lui, murmura Lori.

C'est alors que Charlie se détourna et jeta un regard circulaire autour de lui. Ses yeux se posèrent sur Hillary. Celle-ci saisit la main de son amie.

– Ne me dis pas qu'il vient vers moi, murmura-t-elle.

Il se dirigeait effectivement droit sur elles, et son sourire s'élargissait au fur et à mesure qu'il s'avançait. Hillary se tourna vers Lori.

– Est-ce que j'ai de la nourriture entre les dents ? demanda-t-elle en ouvrant grand la bouche.

Lori écarquilla les yeux.

– Ne me dis pas que ça a de l'importance !

Hillary était en train d'arranger ses cheveux et l'ignora. Elle se redressa et bomba le torse pour faire ressortir sa poitrine.

Lori n'en crut pas ses yeux. Hillary avait-elle oublié comment Charlie venait de se comporter ? Était-elle à ce point désespérée ? Elle fit mine de se lever. Elle n'allait certainement pas rester si son amie agissait aussi stupidement. Mais Hillary posa une main sur son genou, la forçant à se rasseoir.

Charlie vint vers elles.

– Tiens, voici la fille la plus sexy de Beachwood, dit-il d'un ton enjôleur, en cillant. Tu es de plus en plus belle !

Lori était sidérée. Quel culot ! Hillary se leva et s'approcha de Charlie. Elle mit son visage près du sien et tendit ses lèvres vers les siennes comme si elle allait l'embrasser, puis elle chuchota :

– Essaie un peu, espèce de salaud !

Charlie eut l'air étonné.

– Pardon ?

Hillary mit les mains sur ses hanches.

– Tu m'as bien entendu. Je ne sors pas avec de sales menteurs comme toi !

– Quoi ? s'écria Charlie, devenant tout pâle.

– Fiche le camp ! dit Hillary en se rasseyant sur le banc et en croisant les jambes avec coquetterie. Je voudrais rester seule avec ma meilleure amie maintenant.

– Mais… protesta le garçon.

– Je suis sérieuse ! affirma sèchement Hillary.

Elle agita la main et lui adressa un sourire niais.

– Bye-bye !

Charlie recula de quelques pas en vacillant et faillit heurter deux filles avec des assiettes en carton garnies de viande grillée et de chips. En retournant au fond de la cour, il continua de lancer des coups d'œil par-dessus son épaule, comme s'il craignait qu'Hillary et Lori ne le poursuivent.

– Bien joué ! dit Lori.

– Tout à fait ! dit une voix derrière elles.

Les deux filles se retournèrent. Declan se tenait près de la fontaine. Il regarda Charlie s'en aller en secouant la tête.

– Ce n'est pas quelqu'un pour toi, Hillary. Tu mérites mieux.

– Merci, répondit celle-ci, surprise.

Lori remarqua que Declan la regardait et elle essaya de ne pas rougir. *Et moi ?* eut-elle envie de dire. *Est-ce que j'ai mérité ça ?* Lentement, un sourire se dessina sur le visage de Declan. Ses yeux étaient emplis de tristesse, et il avait l'air de se sentir coupable. Lori lui rendit son sourire. Elle se demandait s'il lui expliquerait un jour ce qu'il avait dans la tête. Elle l'espérait.

Jessi était assise dans les bois, tentant de rassembler ses esprits. Si seulement elle pouvait appeler Emily et lui demander ce qui se passait. *Sœurs pour toujours*, pensa-t-elle. Seulement, parfois, elle n'avait pas l'impression qu'elles étaient sœurs.

Son téléphone portable sonna. Jessi le prit dans sa poche et le fixa d'un air absent. Lorsqu'elle le porta à son oreille, elle entendit la voix d'Emily.

– Où es-tu ? lui demanda celle-ci. Cela fait des heures que je t'appelle, et tu ne décroches pas...

– Je suis allée me promener... marmonna Jessi.

– Ne t'ai-je pas répété de ne pas quitter la maison ? dit Emily. Je ne veux pas que tu sortes sans moi.

– Pourquoi ? s'écria Jessi.

Emily poussa un soupir agacé.

– Jessi, ne commence pas, d'accord ? Je ne suis vraiment pas d'humeur... Contente-toi de m'obéir !

Jessi s'appuya contre le tronc d'un arbre. Ses lèvres tremblaient. Elle se sentait au bord de l'explosion.

– Emily, quel est le problème ? demanda-t-elle. Que se passe-t-il ? Avec qui parlais-tu au téléphone ?

– Jessi... chuchota sa sœur d'une voix douce au bout d'un moment. S'il te plaît. Pas maintenant. Rentre à la maison.

– Mais je suis ta sœur, insista Jessi. Et les sœurs doivent s'entraider, n'est-ce pas ? Tu devrais me dire ce qui se passe. Je veux savoir. Je veux t'aider.

Il y eut un silence. Jessi entendait les oiseaux gazouiller dans les arbres et de la musique qui semblait venir de la cour du lycée. Elle serra et desserra le poing, attendant une réponse.

– Jessi... Je ne peux pas, dit finalement sa sœur d'une voix étranglée, lointaine. Ce n'est pas possible, tu sais... Rentre à la maison. Je sais ce qui est mieux pour toi. Nous discuterons plus tard.

Jessi regarda le minuscule écran de son téléphone. Les mots "appel terminé" clignotaient. Étouffant un sanglot, elle rangea l'appareil dans sa poche et sortit des bois d'un pas lourd. Elle se sentait vide et triste. Elle ne savait pas quoi faire d'autre que de rentrer à la maison, comme sa sœur le lui avait ordonné. Et, cette dernière, après tout, savait ce qui était mieux pour elle.

21. Il faut connaître ses limites

Kyle s'engagea d'un pas vif dans le couloir qui longeait la cafétéria. Il tourna, puis s'engouffra dans un autre couloir sombre et vide. La salle des votes était la dernière sur la droite. Si ses calculs étaient justes, ça allait être l'heure du dépouillement.

Les élections avaient été organisées dans une classe de géographie désaffectée, remplie de cartes et de globes. Sur le tableau étaient inscrits des noms de pays et de chaînes montagneuses. Lorsque Kyle regarda à travers la vitre de la porte, il vit que l'urne était posée sur l'une des tables de la première rangée, et que la pièce était vide. Il ferma les yeux, nourrissant un faible espoir. Avec un peu de chance, M. Davis n'avait pas encore commencé à compter les voix.

Le jeune homme respira profondément. Foss avait peut-être raison. Si on avait fouillé dans son sac et placé cet étrange objet argenté à l'intérieur, on avait peut-être proposé sa candidature pour l'attirer dans un piège. Mais qui cela pouvait-il être ? Kyle avait établi une liste de suspects. Il avait d'abord pensé à Declan à qui il s'était confié, mais Kyle n'imaginait pas une seconde qu'il puisse lui vouloir du mal. À part lui, personne ou presque ne le connaissait. Adam avait écrit qu'il ne connaissait pas ses ennemis, et que c'était d'autant plus angoissant. Cela pouvait être quelqu'un de l'extérieur, quelqu'un que Kyle ne soupçonnait même pas, et qui surveillait ses moindres faits et gestes. Il s'agissait peut-être d'un élève, voire d'un camarade de classe. Ça se trouve, il le croisait dans les couloirs tous les jours. Cela pouvait même être un professeur.

Kyle prit une inspiration avant de poser sa main sur la poignée métallique et froide de la porte. Il essaya de la tourner. Elle était bloquée. Il se mit alors à secouer la porte frénétiquement, en vain. Rien à faire, elle était fermée à clé.

Pas de panique, se dit-il. Il regarda autour de lui, se demandant s'il pouvait briser la vitre. Ou crocheter la serrure. Ou sortir du lycée et essayer de pénétrer à l'intérieur par la fenêtre ? Mais cela risquait d'attirer l'attention. Il se mit à arpenter le couloir, conscient que M. Davis pouvait arriver à tout moment. Il pouvait peut-être lui dire qu'il ne voulait plus être président, et qu'il ne fallait pas prendre en compte les voix en sa faveur. Mais ça aussi, ça attirerait l'attention : le directeur, M. Hooper, téléphonerait peut-être à Stephen et à Nicole et leur poserait des questions.

Kyle passa sa main dans ses cheveux. Son cœur battait la chamade. Il regardait l'urne. Elle était fermée et si loin de lui... M. Davis avait déjà retiré les bulletins et les avait empilés afin de les compter plus facilement. Kyle parvint à lire les noms sur chacune des piles : il y en avait une avec son nom dessus, une deuxième avec le nom de Brett et une dernière avec celui de Kate. La sienne était la plus haute. Tout ce que Kyle pouvait faire, c'était de la rendre plus petite...

Il pensa à toutes ces journées au cours desquelles il s'était entraîné avec Foss dans l'entrepôt. Il se rappela qu'il lui avait demandé pourquoi il avait besoin d'apprendre toutes ces techniques, surtout s'il lui fallait des années pour parvenir à les maîtriser. Il se concentra en fixant les bulletins. Soudain, celui qui était sur le dessus de sa pile se souleva et vola jusqu'à la poubelle. Kyle plissa les yeux : le papier tomba dans cette dernière. Le jeune garçon sourit, ébahi. Il avait réussi à faire cela sans le moindre effort.

Il fixa à nouveau toute son attention sur les bulletins et, avec la même lenteur, il réussit à en soulever un autre. Il imagina qu'il le roulait en boule entre ses mains, et, aussitôt, le morceau de papier se froissa. Ses yeux le maintinrent en l'air, jusqu'à ce qu'il atterrisse dans la poubelle.

Le bulletin suivant prit plus rapidement le même chemin, et le suivant encore plus vite. Kyle lui-même n'arrivait pas à y croire. Il avait hâte de tout raconter à Foss. Sa pile était à peu près identique à celle de Brett quand il entendit des pas. Lorsqu'il détourna son regard de la porte, il se sentit faible, comme s'il venait de se réveiller après un long rêve.

Une odeur de hot dog et de chips envahit le couloir. Elle émanait de l'assiette en carton de… M. Davis. Brusquement, celui-ci se retrouva à ses côtés et le dévisagea.

– Tu veux entrer dans la salle, Kyle ? dit en plaisantant le professeur. C'est justement pour éviter cela que nous avons fermé la porte à clé.

– Pas du tout, s'empressa de répondre Kyle. Je regardais. C'est tout.

– Tu te sens bien ? demanda M. Davis, qui semblait inquiet. Tu transpires.

Kyle essaya de respirer normalement, mais n'y parvint pas.

– Ça va, marmonna-t-il.

Mais il se sentait de plus en plus bizarre à chacun de ses pas. Ses jambes refusaient de lui obéir, il avait des crampes aux pieds et l'impression que sa tête pesait des tonnes. Lorsqu'il atteignit la pelouse, tous les élèves étaient réunis autour de l'estrade. Kyle sentit de l'eau, qu'il crut être des gouttes de pluie, couler le long de sa nuque, mais lorsqu'il regarda le ciel, il vit que le soleil brillait. Sa vision périphérique était brouillée. Il faillit se cogner dans Lori qui se trouvait devant lui.

– Kyle ? dit la jeune fille, l'air soudain alarmé. Où étais-tu ?

– Euh... aux toilettes, répondit Kyle lentement, sentant qu'il avait du mal à articuler.

Il eut soudain très chaud et se sentit exténué.

– Tu te sens bien ? demanda Lori, dont la voix lui sembla lointaine.

– Oui, murmura-t-il.

En réalité, il éprouvait une sensation de plus en étrange. C'était comme s'il tombait à travers des nuages. Il se souvint l'avoir déjà éprouvée, lors de la fête foraine, lorsqu'il avait réussi à entendre une conversation à distance. Juste avant qu'il s'évanouisse, il avait eu l'impression que le sol était mou, comme recouvert d'un épais tapis de neige.

Il tenta de respirer normalement. Foss et Adam l'avaient averti de ce phénomène. S'il faisait de trop gros efforts de concentration, il risquait de se sentir mal. Mais il ne fallait surtout pas que cela se produise maintenant, alors qu'il y avait tant de monde. Kyle posa sa main sur sa nuque pour chasser ce malaise.

Quinze minutes plus tard, M. Davis et le directeur, M. Hooper, montèrent sur le podium, et tous les élèves applaudirent. M. Davis tapota le micro.

– Est-ce que les candidats peuvent nous rejoindre ?

Kyle était appuyé contre le mur du lycée, se sentant comme paralysé. Lori lui donna un coup de coude dans les côtes.

– C'est à ton tour d'y aller, chuchota-t-elle.

Mais lorsque Kyle essaya de faire un pas, il eut l'impression que ses jambes allaient se dérober sous lui.

– Kyle ! le pressa Lori, en le poussant en avant.

Kyle s'approcha de l'estrade en chancelant. Il commençait vraiment à ne pas être bien. Il sentit le sang affluer à ses oreilles. Il n'avait jamais été aussi épuisé.

– Kyle, dit M. Davis en le regardant s'avancer près des marches. Est-ce que tu peux venir ?

Il suffit de mettre un pied devant l'autre, se répétait Kyle. Il parvint tant bien que mal à monter les escaliers. La foule se mit à affluer, puis à refluer comme les vagues de l'océan. La voix de M. Davis lui sembla d'abord étouffée, puis très forte.

– Les bulletins ont été dépouillés, et je vais annoncer le nom du futur président-délégué, dit-il.

Il regarda Kyle, qui faisait un effort surhumain pour garder les yeux ouverts. *Cela ne peut pas être moi*, se dit-il.

– Le score a été serré, poursuivit M. Davis. Mais avec seulement dix votes d'avance, c'est… Brett Gregory qui a été élu !

– Quoi ? siffla Kate.

Brett passa devant elle pour monter sur scène. En passant devant Kyle, il lui toucha le bras.

– Tu as failli me battre, lui dit-il. Juste pour que tu le saches, je tiens à te dire que tu méritais de gagner. J'aimerais bien reprendre un grand nombre de tes idées, si ça ne te dérange pas. Nous pourrions peut-être collaborer ?

– Avec plaisir, bégaya Kyle.

Puis, quelque chose se rompit en lui. Il essaya de respirer, mais il eut l'impression que ses poumons étaient emplis d'une poussière noire.

Quelqu'un cria son nom. Ce fut ce qu'il entendit en dernier… Il ne se souvint pas être tombé par terre, pas plus qu'il ne remarqua la foule qui l'entourait. Ce fut le noir total.

22. Ils savent où tu es

Au début, Kyle vit des taches blanches floues flotter au-dessus de sa tête. Puis des taches noires… Enfin, les taches commencèrent à s'assembler, dessinant des formes, et sa vision s'éclaircit progressivement. Sa bouche était sèche, et son corps était engourdi. Tom Foss était penché au-dessus de lui.

– Où suis-je ? demanda Kyle en jetant un regard circulaire autour de lui.

Il était allongé sur un lit, dans une pièce toute blanche. Un vase de fleurs était posé près de lui. Des hommes et des femmes de ménage en tenue bleu pâle longeaient le couloir. Lui portait une blouse bleue à carreaux sur laquelle figurait la mention Hôpital St. Mary.

– Chut, dit Foss en fronçant les sourcils. Tu es à l'hôpital. Tu t'es évanoui.

– Je me suis évanoui ? demanda Kyle en portant la main à sa tête.

Il avait un gros bandage sur la tempe. Une perfusion était posée sur son bras, et il portait un bracelet d'hôpital en plastique rose autour du poignet.

– Comment je suis arrivé ici ?

– Des professeurs se sont occupés de toi et ont appelé les secours. Je suis monté à l'arrière de l'ambulance et je t'ai accompagné jusqu'ici. J'ai dit que j'étais un professeur. Heureusement, avec la confusion qui régnait, personne n'a fait attention.

Kyle cligna des yeux. Il n'avait aucun souvenir. Ce dont il se rappelait, c'était d'avoir soulevé les bulletins d'une pile, d'être sorti de la salle des votes en titubant, puis d'être tombé en essayant de monter sur scène.

– J'ai fait un effort trop important, dit-il.

Foss hocha la tête tranquillement.

– Avec les bulletins de vote…

Kyle ouvrit de grands yeux.

– Tu m'as vu ?

– Je t'observais, avoua Foss.

Il regarda longuement Kyle.

– Je te remercie d'avoir fait en sorte de ne pas être élu président. D'avoir réalisé à quel point ta vie comptait beaucoup plus.

– De rien, dit Kyle, en se redressant dans son lit. Est-ce que j'ai eu une attaque ?

– Oui, dit Foss. Mais j'ai modifié tes résultats d'analyses pour que les médecins ne s'en rendent pas compte. Ils penseront simplement que tu étais déshydraté, et que tu t'es évanoui à cause du stress.

– Pourquoi est-ce qu'ils ne doivent pas savoir que j'ai eu une attaque ? s'écria Kyle, incrédule.

Il s'interrompit et se mit à réfléchir. Il croisa le regard de Foss.

– S'ils le savaient, cela attirerait l'attention sur moi.

– Exactement, chuchota Foss. Tu as enfin compris.

Il lança un dernier regard à Kyle, puis se glissa hors de la chambre.

Au bout de quelques minutes, Kyle entendit frapper à la porte. Nicole entra dans la pièce, suivie de Stephen, de Lori et de Josh.

– Comment vas-tu ? demanda Stephen d'une voix douce. Nous avons entendu dire que tu as fait une sacrée chute.

– C'était super, dit Josh. Tu as piqué du nez sur scène.

– Josh ! s'exclama Nicole d'un ton réprobateur.

– Ben quoi ? couina-t-il. Je veux juste rendre la situation un peu moins tragique. Je déteste les hôpitaux. Ils sont si tristes…

Nicole passa un bras autour des épaules de Josh, comme pour le réconforter, puis se tourna vers Kyle :

– Est-ce que tu vas bien ?

– Oui, répondit Kyle. Ma tête me fait un peu mal, c'est tout.

– Quelqu'un a pensé à toi, ajouta Nicole, en désignant du doigt le grand bouquet de fleurs.

– Le docteur a dit que tu étais complètement déshydraté, dit Stephen. Tu étais un peu débordé ces derniers temps ?

– C'est possible, répondit Kyle.

– Évidemment qu'il était débordé, dit Nicole, d'un ton plein de regret.

Elle s'assit sur le bord du lit de Kyle, secouant la tête d'un air coupable.

– J'aurais dû m'apercevoir que ça n'allait pas lorsque nous avons parlé l'autre jour, reprit-elle. Tu semblais hésiter à te présenter. Je pense que tu savais que c'était trop dur pour toi. Avec tes parents… Avec toutes les épreuves que tu as traversées… J'aurais dû comprendre ce que tu essayais de me dire…

– Ce n'est rien, répondit Kyle, mal à l'aise – il ne voulait surtout pas que Nicole se sente coupable alors qu'elle n'y était pour rien. Tu ne savais pas !

– Oui, sérieusement, ajouta Josh. Kyle n'a plus deux ans. Il peut prendre ses propres décisions. Je pense que vous devriez un peu couper le cordon.

– Je ne crois pas… commença Nicole avant de s'interrompre. Elle souriait d'un air penaud.

– En réalité, tu as peut-être raison.

– J'apprécie que vous preniez soin de moi, dit Kyle, mais j'aurais dû me rendre compte moi-même que j'étais épuisé.

Nicole baissa les yeux.

– Tu as probablement raison. Tu connais tes limites.

Josh fit mine de donner un coup de poing dans le bras de Kyle.

– Écoute, si tu as besoin d'une boisson réhydratante, je peux te préparer un super-smoothie aux électrolytes ! Parce que je suis pratiquement enchaîné au comptoir du Rack… et privé de sorties à vie.

– Je suis impatient d'y goûter ! affirma Kyle.

Stephen regarda son fils.

– Et comme tu es privé de sorties à vie, tu pourras m'aider à réparer ton ordinateur ce soir.

Josh fit la grimace.

– Je n'ai jamais fait de réparations aussi techniques que celle-là !

– Eh bien, ce sera l'occasion d'apprendre !

– Très drôle, dit Josh en levant les yeux au ciel.

Mais, au fond de lui, il sentit poindre une once de satisfaction. Il allait passer un peu de temps avec son père… enfin. Même si ce n'était que pour réparer son ordinateur.

Quelqu'un frappa à la porte, et les Trager se retournèrent. Lorsque la porte s'ouvrit, Kyle n'en crut pas ses yeux. Amanda était là, les bras sagement croisés sur la poitrine.

Stephen et Nicole se levèrent vivement.

– Nous allons vous laisser seuls, dit Nicole.

– Non, restez, répondit Amanda. Je n'en ai que pour une minute…

Le cœur de Kyle se serra. Les Trager prirent néanmoins congé. Un silence pesant s'était installé dans la chambre. Kyle dévisageait Amanda, mais celle-ci fixait le sol.

– Alors ? dit-elle d'une voix dure.

– Ben, voilà, répondit Kyle, essayant d'empêcher que les battements de son cœur ne s'accélèrent.

Il était relié à une machine qui surveillait son rythme cardiaque et sa pression sanguine, et il ne voulait pas montrer à la jeune fille à quel point il était nerveux.

Restée dans l'embrasure de la porte, elle semblait hésitante.

– Tu vas bien ? demanda-t-elle en levant le regard vers lui. J'ai voté pour toi, tu sais.

– Vraiment ? demanda Kyle, dont le cœur fit un bond dans sa poitrine.

Amanda hocha la tête, reprenant une expression plus sérieuse.

– Tu aurais fait un bon président-délégué. C'est pour cette raison que j'avais proposé ta candidature…

Kyle en resta bouche bée, quand il réalisa ce qu'il venait d'entendre.

– C'est toi qui avais proposé ma candidature ? dit-il.

Amanda acquiesça et sembla lutter contre elle-même pour ne rien ajouter, avant de s'apprêter à partir.

– Amanda ! s'écria Kyle.

Elle se retourna, donnant l'impression d'être sur ses gardes. Kyle se mordit les lèvres et réfléchissait à ce qu'il allait dire. Elle ne devait pas le détester, puisqu'elle était venue lui rendre visite à l'hôpital, et qu'elle avait proposé sa candidature. Un jour, ça s'arrangerait peut-être entre eux…

– Merci, dit-il.

Amanda haussa les épaules et se tourna à nouveau vers la sortie. Elle paraissait sur le point de fondre en larmes. Elle disparut dans le couloir pour ne pas pleurer devant lui.

Kyle resta assis un moment. Il était anéanti. Foss s'était montré si inquiet que quelqu'un ait proposé sa candidature, et, finalement, ce n'était qu'Amanda, quelqu'un qui ne lui ferait jamais de mal. Il avait probablement fait tout ça pour rien. Il aurait peut-être pu être président !

La machine qui enregistrait les battements de son cœur émit un bip, et Kyle pensa au petit objet argenté qu'il avait trouvé dans la poche de son sac à dos. Il eut l'estomac noué. Qu'est-ce que c'était ? Ce n'était peut-être rien d'autre qu'une petite pile de télécommande. Quelqu'un l'y avait peut-être laissée tomber accidentellement. Ce n'était peut-être pas dangereux.

Mais, soudain, ses yeux tombèrent sur le bouquet de fleurs à côté de son lit. "Quelqu'un a pensé à toi", avait dit Nicole, montrant que ce n'était pas elle qui le lui avait offert. Kyle se doutait bien que ce n'était pas Foss qui le lui avait envoyé. Ce n'était pas son genre... Et ses liens avec Amanda étaient trop fragiles pour qu'elle le lui ait offert. Une enveloppe était posée près du vase. Lorsqu'il l'ouvrit, il vit qu'il n'y avait qu'un carton blanc à l'intérieur.

Un frisson le parcourut. Celui ou celle qui avait mis l'objet dans son sac n'était pas loin. Il pouvait sentir sa présence. Seulement... qui était-ce ? Quelqu'un que Kyle connaissait ? Ou bien qu'il n'avait jamais rencontré, qui attendait son heure tapi dans l'ombre ?

Il espérait qu'il ne le saurait jamais...

23. Face à la foule

Lori et Josh étaient derrière leurs parents quand ils franchirent les portes de l'entrée principale de l'hôpital St. Mary, évitant des personnes âgées qui se déplacaient en fauteuil roulant.

– J'espère que Kyle ne devra pas passer la nuit ici, dit Josh. Lorsqu'on m'avait opéré des amygdales, je me rappelle avoir entendu des cris toute la nuit. C'était la centrale de l'horreur, cet hosto !

– Tu es sûr que tu ne séjournais pas dans le pavillon réservé aux malades mentaux ? lui dit Lori d'un ton taquin.

– Elle est trop bonne ! dit Josh en imitant la voix d'un débile.

Il se sentait bien aujourd'hui, même s'il était privé de sorties. Il n'aurait jamais imaginé qu'il éprouverait un tel sentiment de liberté après avoir dit à ses parents ce qu'il avait sur le cœur. Cela dit, il n'avait pas décidé d'adopter une autre ligne de conduite et de dire systématiquement la vérité. Il y a quand même des limites.

– J'ai fait de mon mieux, dit Lori qui, elle aussi, était en forme.

Elle pensait sans cesse au regard qu'elle avait échangé avec Declan. C'était peut-être un bon signe. Elle devait faire très attention, afin de ne pas le brusquer. Elle avait compris qu'elle n'avait qu'un seul souhait : qu'ils redeviennent amis Qu'est-ce que ça pouvait bien faire s'ils ne formaient pas un véritable couple ? Ou qu'il s'intéresse à la fêlée ? Declan était sympa, et elle avait envie de se réconcilier avec lui.

Tout à coup, alors qu'ils traversaient le parking de l'hôpital, leur mère s'arrêta brusquement.

– Stephen, murmura-t-elle, en montrant du doigt quelqu'un devant elle. Ce n'est pas le…

Lori plissa les yeux. Sa mère désignait un homme aux cheveux ras et aux épaules carrées. Sa démarche lui semblait familière.

– C'est le type chargé de la sécurité, chuchota Lori. Celui qui rôdait près de notre maison.

– Tom Foss ? dit sa mère.

– Tu en es sûre ? demanda son père.

– J'en suis certaine.

Lorsque l'homme se tourna pour monter dans son véhicule, ils purent tous voir son visage. Et c'était bien lui.

– Je pense que nous devrions aller lui parler, dit Nicole Trager en saisissant le bras de son mari.

Le père de Lori haussa les sourcils.

– Pourquoi ?

– Ce n'est pas normal. Je ne comprends pas ce qu'il fait ici. Et s'il était là pour Kyle ?

– Kyle ? dirent en chœur Stephen et Josh.

Lori observa le visage de sa mère. Il arrivait à Nicole d'avoir de tels pressentiments. C'était de l'intuition féminine, mais aussi l'habitude de juger les intentions de quelqu'un parce qu'elle était psychologue. Et elle se trompait rarement.

– Il a commencé à faire de fréquentes apparitions lorsque Kyle est arrivé chez nous, dit Lori.

– Mais, enfin, il y a beaucoup de monde à l'hôpital, dit son père. Foss a peut-être rendu visite à une de ses connaissances.

– Non, dit sa mère en secouant la tête. Il est venu ici pour voir Kyle. J'en suis sûre. Je ne sais pas pourquoi, mais j'en suis sûre et certaine…

– Nicole, dit Stephen d'une voix calme. Si Foss est venu voir Kyle, pourquoi ce dernier ne nous a-t-il rien dit ?

Lori regarda Foss monter dans son pick-up, mettre le contact et faire marche arrière. Lorsqu'il passa devant eux, elle aurait juré l'avoir vu blêmir. *Il connaît peut-être Kyle*, pensa-t-elle. Elle se rappela la façon dont la fêlée s'était approchée d'elle lors du pique-nique. "Où est Kyle ? avait-elle demandé. J'ai besoin de lui parler." Pourquoi avait-elle besoin de lui parler alors qu'elle ne l'avait jamais rencontré ?

– Partons, dit le père de Lori, rompant le silence. Nous avons eu une longue journée. Rentrons à la maison. Je reviendrai chercher Kyle dès qu'il aura la permission de sortir.

Ils montèrent dans la voiture, tous plongés dans leurs pensées. À l'entrée de l'hôpital, Lori regarda la camionnette de Foss, qui s'apprêtait à tourner à gauche. Elle remarqua que sa mère, elle aussi, l'observait. "Que savez-vous sur Kyle ?" eut-elle envie de lui crier par la fenêtre. Mais avant qu'elle en ait eu la possibilité, le véhicule tourna et disparut.

24. Tout est faux

Jessi était allongée sur son lit dans l'appartement qu'elle partageait avec sa sœur. Elle réfléchissait. Elle avait l'horrible pressentiment que celle-ci avait des problèmes. Si Emily refusait de se confier, il faudrait qu'elle le découvre seule.

Elle s'assit. Sa petite chambre était propre et paisible : pas un grain de poussière ne flottait dans l'air. Lentement, elle la traversa et se dirigea vers l'entrée. Sa sœur avait fermé la porte de la sienne. Jessi savait qu'elle ne pouvait pas la verrouiller de l'extérieur, mais Emily lui avait interdit d'y pénétrer, afin de respecter son intimité.

Prenant son courage à deux mains, elle posa la main sur la poignée de la porte et la tourna. Un lit était recouvert de jolis draps brodés. Il y avait aussi une coiffeuse et une mallette en bois sombre. La fenêtre était ouverte, et les rideaux ondulaient sous la brise. La chambre d'Emily semblait impersonnelle. Jessi se demanda pour quelle raison sa sœur ne voulait pas qu'elle y entre.

Puis l'ordinateur posé sur un petit bureau attira son attention. Il était allumé. Ce qui ressemblait à une carte apparaissait sur l'écran. Jessi s'assit devant et se mit à l'examiner. Elle pouvait lire “Radar GPS”. Elle reconnut quelques noms de rue, car le plan représentait un quartier de la ville, qui n'était pas très loin. Un point clignotait au centre, comme pour marquer l'emplacement d'un bâtiment. Jessi zooma. Sur l'édifice, il y avait écrit : “Lycée de Beachwood.” Troublée, elle mit la main sur sa bouche.

À quoi servait ce point ? Jessi cliqua dessus, pensant obtenir une réponse, mais une fenêtre apparut indiquant :

“Vous avez dix secondes pour entrer votre mot de passe, avant que votre ordinateur s’éteigne”.

Jessi attendit la fin des dix secondes sans savoir quoi faire. Soudain, l’ordinateur s’éteignit, et l’écran devint noir. Déconcertée, elle resta immobile un instant. Puis elle remarqua que l’un des tiroirs du bureau était entrouvert.

Lentement, elle le tira. Celui-ci contenait des classeurs qui portaient tous des étiquettes “Finances”, “Bail”, “Dépenses”... Sur celle du dernier, tracée au marqueur, figurait l’inscription “Trager”.

Jessi fronça les sourcils. *“Trager” ? Pourquoi Emily avait-elle un classeur à ce nom ? Était-ce un dossier sur Nicole Trager, la psychologue ?* Elle se rappela qu’elles avaient stationné un moment devant la porte de sa maison, avant de pénétrer dans le jardin situé derrière. Emily avait semblé si désireuse de parler à Nicole... Elle voulait peut-être simplement trouver une bonne thérapeute et s’assurer que Nicole Trager pourrait la soigner. Était-ce cela ?

Elle voulut l’ouvrir, souhaitant en savoir plus. Mais, juste à ce moment, elle entendit la porte d’entrée claquer.

– Bonjour, dit Emily.

Jessi se leva rapidement, le cœur battant. Elle reposa le classeur et referma le tiroir, avant de filer à l’autre bout de la chambre de sa sœur, dans la salle de bains. Elle se contempla dans le miroir. Ses yeux étaient écarquillés, et sa poitrine se soulevait à un rythme très rapide. Elle tenta de retrouver une respiration normale.

– Jessi ? appela Emily – Jessi entendit ses pas qui se rapprochaient, puis la porte de la chambre grinça. Où es-tu ?

Emily entra dans la pièce. Jessi vit une expression de panique se peindre sur son visage lorsque celle-ci aperçut l’écran sombre de l’ordinateur, mais, très vite, elle se ressaisit.

Elle entra dans la salle de bains, s'appuya contre le lavabo, se préparant à affronter sa colère. Elle allait certainement lui demander immédiatement des explications. Elle exigerait des réponses...

– Que fais-tu ici ? lui demanda gentiment Emily.

Jessi la regarda d'un air interrogateur. Sa sœur ne semblait pas du tout fâchée. Elle ouvrit la bouche, mais aucun son n'en sortit.

Emily contempla le lavabo.

– Tu es venue ici pour te maquiller, Jessi ?

– Euh..., dit Jessi en se redressant, son cœur battant moins vite.

Elle avait encore du mal à parler parfois.

Emily s'approcha et l'enlaça.

– Je comprends que tu dois devenir folle à rester enfermée tout le temps ici. Je suis désolée d'avoir été si irritable ces derniers temps et tellement absorbée par mon travail, dit-elle en prenant son mascara. Que dirais-tu si nous allions toutes les deux à la parfumerie du centre commercial pour une petite séance de maquillage ?

– Une séance de maquillage ? répéta Jessi.

– Oui, quelqu'un va te maquiller comme si tu étais un mannequin. Ce sera très amusant. Toutes les filles doivent le faire au moins une fois dans leur vie. Nous t'achèterons aussi des produits si tu veux, expliqua Emily dont les yeux brillaient.

– Bon... d'accord, dit Jessi.

Emily lui prit la main et l'entraîna hors de la pièce. Elle lui dit que Jessi aurait l'impression de devenir une princesse. En sortant, Jessi jeta une dernière fois un coup d'œil à l'ordinateur. Il était toujours éteint. Peut-être avait-il toujours été éteint. Ses yeux se posèrent sur le tiroir où étaient rangés les classeurs. Elle s'était peut-être fait des idées à leur sujet. Elle les avait peut-être même imaginés.

Elle l'espérait vraiment en tout cas.

Dépôt légal : septembre 2008.
N° d'impression : 082724/1.
Achevé d'imprimer en septembre 2008.
Imprimé en France par CPI Groupe

Qui est Kyle XY?

D'où vient-il?

Retrouve le tome 1 de *Kyle XY* en librairie

EDITIONS

Kyle XY © 2007 Disney. All Rights Reserved
© 2008, M6 Éditions pour la traduction française